Coleção Vida Astrolábio

Sérsi Bardari

Crisântemo amarelo

Ilustrações: Mirella Spinelli

1ª edição
1ª reimpressão

CORTEZ EDITORA

© 2009 texto Sérsi Bardari
ilustrações Mirella Spinelli

© Direitos de publicação
CORTEZ EDITORA
Rua Monte Alegre, 1074 – Perdizes
05014-000 – São Paulo – SP
Tel.: (11) 3864-0111 Fax: (11) 3864-4290
cortez@cortezeditora.com.br
www.cortezeditora.com.br

Direção
José Xavier Cortez

Editor
Amir Piedade

Preparação
Ricardo Kato Mendes

Revisão
Alexandre Ricardo da Cunha
Nathaly Felipe Ferreira Alves
Roksyvan Paiva

Edição de Arte
Mauricio Rindeika Seolin

Impressão
Parma Gráfica e Editora

Dados Internacionais de Catalogação na Publicação (CIP)
(Câmara Brasileira do Livro, SP, Brasil)

Bardari, Sérsi.
  Crisântemo amarelo / Sérsi Bardari; Mirella Spinelli, ilustrações. – São Paulo: Cortez, 2009. (Coleção Astrolábio)

  ISBN 978-85-249-1497-3

  1. Literatura infanto-juvenil. I. Spinelli, Mirella. II. Título. III. Série.

09-02821   CDD-028.5

Índices para catálogo sistemático:

1. Literatura infanto-juvenil 028.5
2. Literatura juvenil   028.5

Impresso no Brasil — dezembro de 2021

CRISANTEMO
AMARELO

Sumário

1. Poeira na estrada 6
2. No meio das flores 11
3. Ilusões perdidas 15
4. O crisântemo amarelo 20
5. Ela pode até morrer 24
6. Um silêncio estranho 28
7. Formas de afeto 30
8. Meio perdidas 32
9. Luz da verdade 37
10. A hora da estrela 40
11. Um mundo lá de dentro 43
12. Inventar é possível 45
13. Uma linguagem de amor 50
14. Natal e fim de ano 52
15. Mensagens do sol 54
16. Século XXI 59
17. Festival de teatro 65
18. Feito uma nave espacial 69
19. Creio em mim 74

20. Anjo da guarda 80
21. Como se fosse irmão 83
22. Noite de Santo Antônio 87
23. Soco no estômago 91
24. Eu te amo 96
25. Salto alto 100
26. O símbolo da campanha 106
27. Cara de anjo 110
28. Será um *playboy*? 116
29. Sem esperanças no amor 121
30. Clube dos executivos 126
31. Uma estrela dourada 131
32. *Jeans* e camiseta 135
33. "Rainha dos baixinhos" 141
34. Diversão e arte 146
35. A saída de Alberto 153
36. A saída de Felícia 155
37. A saída de Yukio 159
38. Noite dos namorados 163

1

Poeira na estrada

— Xô, galinhas, xô! — Rita enxotou.

Quem diz que as aves se dispersaram? Continuaram cacarejando, andando em roda, seguindo os passos da garota.

— Calma aí — continuou Rita, enquanto fechava a porteira. — Deixa eu entrar primeiro.

Ela acabava de chegar da escola. Exausta. Aquilo de andar quatro quilômetros na ida e mais quatro quilômetros na volta era de arrebentar o ânimo. Nesse tempo de inverno, então, parecia castigo.

O vento soprando do mar, durante a noite, subia a serra e molhava a mata, o chão, o arame das cercas. Frio demais não fazia. Mas, de manhã, a umidade era tanta, que doía na pele. Lá pelas dez vinha o sol — mais luz que calor. Mas enxugava tudo, amarelava as folhas, ressecava o solo. Porque chover não chovia há quase dois meses.

— Eta bicharada esfomeada! Só querem comer, comer! — comentou a garota, largando o material em cima de um fogão enferrujado, dentro do rancho.

Uma caixa grande de papelão ficava bem ao lado. Rita foi tirando de lá uma espiga ainda na palha. Era ir descascando, debulhando e logo pegando outra. O milho caía no terreiro e desaparecia debaixo das galinhas. Algumas voavam por cima das outras, na disputa acirrada, a bicadas, por cada grãozinho.

– Pronto, de vocês eu já cuidei – disse ela, entrando de novo em casa.

Na Chácara do Cipó, na hora do meio-dia, todo dia era sempre igual. Rita tratava dos animais (tinha ainda dois porcos e três cabras). Arrumava a cozinha, bagunçada desde o jantar da noite anterior, e fazia almoço para o pai, entrevado na cama. Tudo bem depressa.

Hoje, porém, o cansaço parecia maior que o serviço. A tristeza, mais pesada que o corpo.

– Que barra! – desabafou, largando-se na poltrona.

Poltrona é modo de dizer. A garota sentou-se mesmo numa cadeira de braços, pano desbotado e esgarçado, que tinha sido de Felícia, a dona da chácara. Pelo vão da porta, via o monte de louça suja na pia.

Preguiça. Vontade de não se mexer. Só de sonhar. Sonhar acordada com outro tipo de vida, mais perto do vilarejo, onde não precisasse andar tanto, nem chegar em casa cheia de pó na cabeça, nos sapatos e até por dentro da roupa.

– Bem que os carros podiam ir mais devagar. Parece que correm de propósito, pra levantar aquela nuvenzona atrás deles – queixou-se, tristonha.

E, quando ficava assim, lembrava-se de Toninha.

– Juro que às vezes queria ser que nem ela, que nunca reclama.

Filha de boias-frias, Toninha morava num casebre de pau-a-pique, perto da granja do China. Estudava na mesma classe e andava o mesmo tanto que Rita. Só que vivia sorrindo.

– Como consegue? – perguntava-se Rita, quando foi despertada dos pensamentos pela tosse de Sebastião.

Levantou-se no mesmo instante. A moleza do corpo evaporou num segundo.

– Vou pegar o xarope, pai. 'Guenta aí!

Folhas de agrião, ramos de mastruço, a garota foi pondo tudo dentro de uma caneca de ágata e macerando com um pilãozinho de madeira. Por fim, coou, juntou mel e...

– Toma isto – disse, enfiando colheradas da mistura na boca do pai.

Sebastião respirou um pouco aliviado. A filha saiu do quarto, criando coragem para o trabalho. Antes, porém, entrou no banheiro.

Entre as manchas de mofo do espelho sobre a pia, Rita achou-se feia de repente. Até parou para examinar melhor o rosto. Estava avermelhado, e não era assim – normalmente tão alvo –, fazendo os olhos azuis parecerem mais azuis, o loiro dos cabelos ter mais brilho.

– Está que é uma palha. Vou dar uma escovada, pra ver se melhora – suspirou, esquecendo-se da vida.

A vida lá fora, contudo, não se deixava esquecer. Ronc, ronc, guinchavam os porcos; mééé... mééé, baliam as cabras, tirando Rita do devaneio.

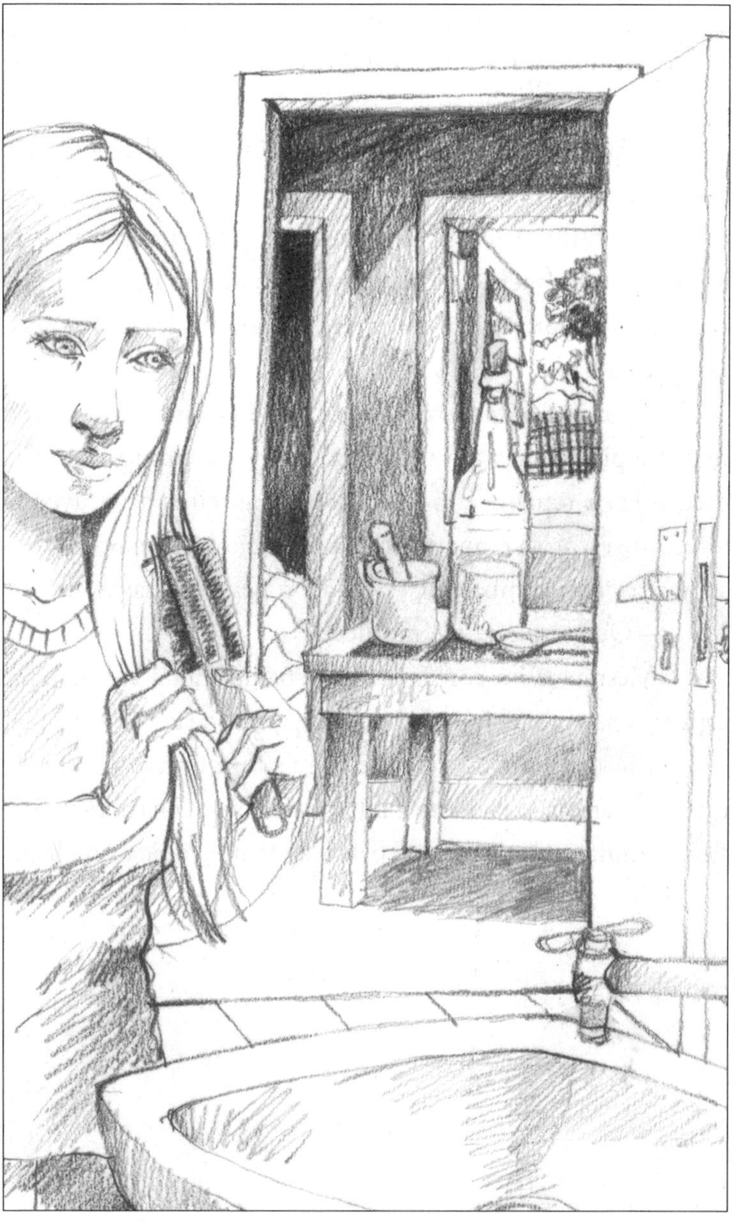

– Já estou indo, cambada! Mas que aflição!

A garota já estava enxugando as mãos, quando sentiu uma agulhada forte no braço.

– Ai – gritou, deixando cair a toalha. – Tinha algum bicho aqui.

Um furinho apareceu na pele. A dor era suportável. Rita espremeu o ferimento, fazendo um pouquinho de sangue escorrer. Não ligou mais. Achou que ia passar. E foi colher abóboras para os porcos.

A caminho da horta, porém, algo estranho ocorreu: o lugar da picada doía tanto que ela mal podia enxergar. A vista escurecia de repente e logo clareava. Canteiros de couve, de alface, de escarola embaçavam na sua frente e tornavam a desembaçar. Rita cambaleou. A testa e o pescoço suavam frios.

– Que será que me mordeu?

Mesmo assim continuou o trabalho. Era a vez de levar capim para as cabras. Mastigando sem parar, a criação acalmou-se.

Rita voltou para a casa em luta com o peso do corpo, querendo arrear. Entrou no banheiro de novo. Uma aranha preta não muito grande saiu de baixo da toalha, ainda no chão.

2

No meio das flores

Se a estação das secas era uma época difícil para os pequenos agricultores da região, havia um lugar onde o problema da estiagem parecia não existir. Era a chácara dos Takahashi. Um sistema de irrigação, automatizado, e outro de iluminação criavam o ambiente ideal para o cultivo de crisântemos.

Quem passasse por lá poderia ver, separados por alamedas, canteiros de várias cores e em diferentes estágios de crescimento. Havia botão fechado, semiaberto, quase aberto, na maior organização.

Yukio, sua mãe, Kazuko, e o avô cuidavam de tudo. Preparavam o terreno, transplantavam mudas, colhiam e vendiam as flores.

O dia mal havia clareado, Kazuko e o filho já estavam no viveiro. O velho Takahashi levantava-se mais cedo ainda. Carregava o furgão na véspera. E, a essa hora da manhã, devia estar chegando ao entreposto, em São Paulo, para fazer entregas.

Tomoshigue, o pai, tinha ido para o Japão trabalhar como operário na construção de ferrovias. Fazia uns três meses.

– Vou ficar uns dois anos – disse ele, antes de partir. – Juntar dinheiro pra investir ainda mais na produção. A família tocaria os negócios no Brasil. Yukio teve até de trocar o horário das aulas. Agora, frequentava a escola à noite e andava no escuro até Sabaúna – uns cinco quilômetros, mais ou menos. De início, detestou a ideia. Não planejava seguir a profissão do pai. Gostava das invenções eletrônicas. Era fascinado por tecnologia. Mas Tomoshigue havia prometido que, na volta, compraria um computador.

– Aí, você aprende direitinho, né? E informatiza nossa empresa.

O garoto se animou. Valia a pena esperar. Que eram dois anos? Enquanto isso, formava-se na escola. Depois, estudaria em Mogi das Cruzes. Ou na capital, quem sabe? Nem era tão longe. "Já imaginou?".

Cada vez que pensava nisso, Yukio torcia para que as estações se alternassem depressa. A caminho do colégio, acompanhava as mudanças do céu. Agora, no inverno, era época de noites estreladas; de lua alta, com um halo esfumado. Depois, tudo ficaria encoberto de nuvens, anunciando as chuvas da primavera. Mais alguns meses, e faria calor. Ele acertaria os ponteiros do relógio para o horário de verão. Sairia de casa antes de o sol se pôr. Daí, entrava o outono e mais outro inverno, e outra primavera, e...

Assim o garoto seguia, antecipado no tempo, procurando um jeito de não sentir o tempo passar. E ajudar a mãe era o único meio.

Nessa manhã, ele e Kazuko lidavam com as mudas. Uma nova remessa havia chegado da Flórida, no dia anterior. Vinham ainda sem raízes. Frágeis, delicadas, precisavam de todo o cuidado. Um mínimo de aquecimento, água demais, água de menos, poria tudo a perder. Até o dinheiro da importação.

Por isso, trabalhavam numa câmara com ar-condicionado, onde a temperatura era sempre baixa. De tão acostumados, nem de muito agasalho precisavam. Em caixas rasas de madeira, iam espalhando bagaço de cana fermentado, o melhor adubo para o enraizamento.

— De que cor são essas? — perguntou o garoto, quase pegando um dos brotinhos.

A mãe gritou:

— Não toque. Você ainda não desinfetou as mãos.

Ela mesma procurou pelo álcool. Primeiro, debaixo do balcão azulejado. Não achou. Em seguida, na prateleira junto à porta. Encontrou a garrafa vazia.

— Ih, acabou. Como é possível? Ainda ontem este vidro estava pela metade!

Kazuko olhou desconsolada para o filho. Sem desinfetar as mãos, não poderiam continuar. Havia o risco de contaminarem as mudas.

O garoto deu um sorriso maroto. Os olhos puxados brilharam, quase fechando.

— O jeito é ir comprar. Eu vou num instante.

A mãe percebeu. O que Yukio queria era sair com o carro do pai. Ele sabia dirigir. Volta e meia ficava rodando dentro da chácara. Tomoshigue mesmo havia recomendado: "É bom ligar o motor de vez em quando. Senão, estraga". Mas entrar na estrada guiando Kazuko não permitia. Ela se fez de desentendida.

— Você vai gastar mais de duas horas, a pé, até voltar com o álcool... Será que teu avô demora? Ele poderia ir com a perua.

— Ah, demora, sim. Vai passar no bairro da Liberdade, antes de voltar. Só chega aqui no final da tarde. Você não se lembra quando ele disse?

— É verdade, tinha me esquecido.

— Pois é, e o serviço não pode esperar. Essas mudas viajaram muito. Podem até morrer, se não forem transplantadas logo.

O filho exagerava. Kazuko sabia. Porém, a ameaça existia de verdade. Ela não respondeu.

O garoto insistiu:

— Se a gente esperar o vô, até que ele chegue, saia de novo e traga o álcool, já vai ser de noite. E trabalhar de luz acesa, já sabe, né! Esquenta o viveiro e, aí, adeus nova remessa. Eu tenho de ir pra escola. Não quero nem estar aqui pra ver essas folhinhas todas desmaiando, desmaiando...

Essa conversa punha a mãe nervosa, indecisa. Bem irônico era Yukio, mas não deixava de ter razão. E continuava:

— Bom, a não ser que a gente lave bem as mãos com sabonete. É tentar e esperar, pra ver o resultado.

Aquilo já era uma chantagem. Kazuko não achava certo ceder. Foi por medo do prejuízo que tomou a decisão.

— Vá lá. Pegue a chave do carro e vá. Logo, antes que eu me arrependa.

Yukio saiu todo contente. A mãe ficou sozinha na câmara, acompanhada por outros medos. "Será que ele vai dirigir direitinho? E se o guarda de Sabaúna pedir os documentos?".

3

Ilusões perdidas

Rita era uma estátua de olhos arregalados. Não atentava em nada a não ser na aranha, que fugiu e se escondeu atrás da porta. O pânico veio depois.

– Pai, uma aranha, pai! Uma aranha me picou! – gritou, correndo para o quarto de Sebastião.

O homem revirou-se na cama. Pescoço magro e rosto enrugado ensopados de suor. A voz da filha soou aos ouvidos dele como apito de locomotiva.

– Todos a postos, camaradas, que o trem está chegando – começou a delirar.

Sebastião nunca havia se recuperado de ter sido mandado embora da ferrovia. Fazia tempo. Rita ainda era pequena quando chegou a notícia de que iriam desativar aquele trecho da linha do trem. O pai teria de deixar a estação de Sabaúna, o telégrafo e também os amigos de todas as paradas, com quem conversava em código Morse.

Pobre do Sebastião! Havia virado um homem triste, perambulando pelas ruas sem saber o que fazer. Até o dia em que Felícia apareceu no vilarejo. Ela procurava caseiro para a Chácara do Cipó. Alguém indicou o ex-ferroviário. E, ao conversar com a futura patroa, ele foi logo avisando:

— Olha, dona, eu não tenho prática desse serviço, não. Mas preciso muito do trabalho, tenho mulher e filha. Se a senhora não se importa, vou aprendendo aos poucos.

Felícia disse que o importante era ele ser honesto e de confiança. Precisava mais de alguém que tomasse conta. O resto com o tempo se arranjava.

Bem que Sebastião se esforçou. Arou a terra, fez horta, cuidou do jardim, tratou dos animais debaixo de sol e de chuva. Mas quem diz que se alegrou? Como o salário era baixo, a esposa teve de se empregar na granja do China, para ajudar no orçamento. O marido estremecia só de pensar que o trabalho de Tereza era recolher esterco de galinha. Justo a Tereza, que havia sempre sonhado com casa na cidade, cheia de luxo e conforto, como as das novelas de televisão.

— Morar neste fim de mundo não é vida! — costumava desabafar, nos primeiros anos de casada.

Ela ainda vivia de ilusões, lembrando-se dos tempos de Miss Primavera no colégio, de madrinha do futebol do Centro Recreativo. Garota das mais bonitas de Sabaúna, só andava com roupas da moda, que a avó copiava das revistas.

Muita gente admirava a graça daquela menina de voz afinada, que, além de bonita, ainda cantava em festas de família

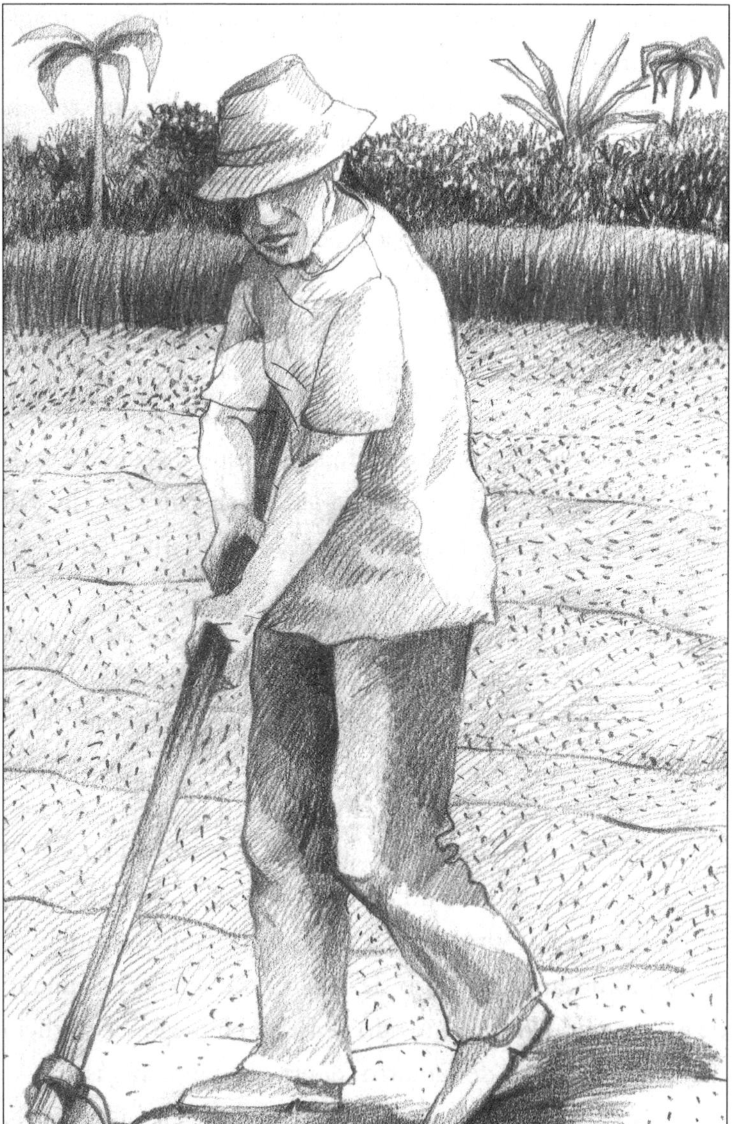

e na rádio de Mogi das Cruzes. Com sucesso de fazer imaginar futuro brilhante.

A fama de Tereza tinha ido longe, atraindo rapazes de toda a região. Mas ela estava de olho no ferroviário. Volta e meia inventava pretexto para passar na calçada da estação. E ele, muito esperto, notava. Espichava o pescoço na janela, apertando distraído as teclas do telégrafo.

– Com quem você tanto fala, batendo aí – dim, dim, dim – nesse aparelhinho? – perguntou ela, uma vez.

Sebastião respondeu que falava com outros funcionários, do Rio e de São Paulo. Tereza imaginou que um dia ele também trabalharia numa dessas cidades. A esperança de sair dali ao lado dele crescia em sua imaginação. Em pouco tempo, o romance estava começando.

E como era charmoso o telegrafista! Loiro, alto, olhos azuis, descendente de alemães. Na verdade, chamava-se Sebastian – Sebastian Wittenberg. Que delírio para Tereza! Ela se apaixonava. Fazia planos de se casar, mudar e seguir carreira como cantora. O noivo havia dito que não se importava.

Depois do casamento, no entanto, o sonho tinha acabado. O marido era um ciumento sem coração. Inventou logo de ter filho, para ver se Tereza se esquecia daquelas vontades. Até a promoção para o Rio de Janeiro o homem fez questão de não aceitar. Daí que, quando perdeu o emprego, ficou cheio de culpas, arrasado de remorso, doente de tanta angústia.

No princípio, era uma gripe à toa. Sebastião não ligava, não se cuidava, continuava bebendo. Começou a emagrecer, a enfraquecer. A dor no peito apertou, o nariz quase fechou, a

febre aumentou e, nos últimos meses, vivia na cama, imprestável, largando o serviço todo nas mãos da filha.
— Pai, você entendeu o que eu disse? — insistiu Rita. — Uma aranha me picou, pai! Acorda, pelo amor de Deus!
O homem revirou-se de novo, dando uma longa ressonada. A garota entendeu que não podia contar com ele. Felícia tinha ido a São Paulo. E a mãe? A mãe estava na granja, bem longe. Melhor seria ir para Sabaúna e arranjar socorro por lá.
Rita saiu pela estrada rezando, pedindo por uma carona. Que é dos carros que sempre levantavam poeira? Onde estariam hoje? Nenhum passava. Ninguém aparecia, nem mesmo a pé.
O jeito era chamar algum vizinho. Havia ali a fazenda dos espanhóis, mas a sede ficava a um quilômetro da porteira. Não valia a pena entrar. Andando a mesma distância, estaria no sítio do Saci, mais à frente. Dona Emília, tão bondosa, a levaria de carro até o posto de saúde. Mas dona Emília não estava em casa. Marido e filho, tampouco. A esperança, agora, era a chácara do Marujo, a quinhentos metros.
Rita não aguentava mais de dor. Respirou fundo, tentando afastar a vertigem. Montanhas e florestas de eucalipto giravam em sua volta, acelerando cada vez mais. Ela tonteou. Caiu. Bateu a cabeça numa pedra da estrada e desmaiou.

4

O crisântemo amarelo

Yukio correu para a garagem, dando saltos de alegria. Estava tão eufórico que, ao passar pelos canteiros, apanhou um crisântemo amarelo. Atirou a flor no banco de trás do velho automóvel, deu partida e arrancou.

Dirigia devagar e cantava, ligado também na paisagem. Na rádio, tocava um *rock* agitado. Ele dançava. Inclinava o corpo junto com as curvas, girando o volante. Até que tomou susto.

– O que é aquilo no chão?

Os pneus deslizaram com a freada. Foram parar junto de Rita, estirada no caminho. A poeira levantou, cobrindo tudo em volta. Yukio saltou do automóvel e agachou-se junto da garota. "Será que está morta?", pensou. Mas logo percebeu que ela respirava. Tentou acordá-la, erguendo-a pela nuca.

– Ei, moça, fala comigo. O que aconteceu? Tá precisando de ajuda?

A cabeça de Rita pendeu para trás. Os cabelos também, descobrindo o rosto pálido, sujo de terra; a testa, vermelha e inchada.

— O que é que eu faço? — indagou-se o garoto, já ficando assustado. Levantou-se. Olhou de um lado, de outro e, depois, para o céu. Pensou em fugir o quanto antes.

— Não! Que é isso? — envergonhou-se.

Voltou a abaixar-se. Experimentou o peso daquele corpo. Com um pouco de esforço, conseguiria carregá-lo. Foi o que fez. Ajeitou a garota, deitada, dentro do quatro-portas.

Agora, sim, Yukio corria, atirando o carro nos buracos e valetas sem o menor cuidado. Não desfrutava mais do verde da mata, da linha ondulada das montanhas no horizonte, nem do prazer de dirigir. Imaginava chegar depressa em Sabaúna, procurar o médico.

Chacoalhando no assento traseiro, Rita abriu os olhos e gemeu. Diante da sua vista, prensado no vão do encosto do estofamento, tinha ficado o crisântemo amarelo.

— Estamos quase chegando — avisou o rapaz.

Ela não ouviu. Era como se estivesse hipnotizada por aquelas pétalas brilhantes, bem à frente do seu nariz. Quanto mais fixava a visão, mais crescia a flor, em tamanho e na intensidade do tom. Ficou parecendo o sol flamejante. De repente, começou a girar. Formava no centro um poderoso vórtice, para onde a atenção de Rita ia sendo atraída. E também a alma, que mergulhou numa luz infinita.

Não havia dor nesse lugar, menos ainda tristeza. Tudo era somente alegria e muito amor. Ela fechou os olhos, sentindo-se dissolver.

— Pronto — disse Yukio, estacionando. — Vou chamar o doutor.

Que doutor? Não havia ninguém no posto de saúde.

– O médico já atendeu aqui de manhã. A essa hora está lá na Santa Casa, em Mogi – avisou uma vizinha, que varria a porta de casa.

– Mas e a enfermeira?

– Faltou hoje. Não sei por quê. Vai ver, não está boa.

Enquanto falava, a mulher aproximou-se do automóvel. Abriu a porta, pegou no pulso esquerdo de Rita. Passou a mão no rosto dela e notou que havia sangue na testa. Só não viu o ferimento no antebraço direito.

– Isto aqui deve de ser uma bela duma pancada. O jeito é ir pra cidade.

– Pra cidade! – afligiu-se o rapaz.

Pensou na mãe, que não o deixava dirigir em Sabaúna. O que diria, então, se soubesse que ele tinha ido a Mogi? Mas era por um motivo sério!

Sentou-se ao volante novamente e partiu. Tinha à frente dezoito quilômetros de asfalto, pela estrada velha do Rio: estreita, cheia de curvas e esburacada. Guiava tenso, inseguro, ainda sem prática de andar em pistas como aquela, numa velocidade que não atrapalhasse os outros motoristas. A perna tremia no acelerador, as mãos suavam na direção e na alavanca do câmbio.

Quando estavam na metade do caminho, Rita despertou. Não se lembrava do sonho iluminado que havia tido. Ainda deitada, via a paisagem passando depressa pelo vidro das janelas. Tentou se levantar. Estava tonta.

– Ai.

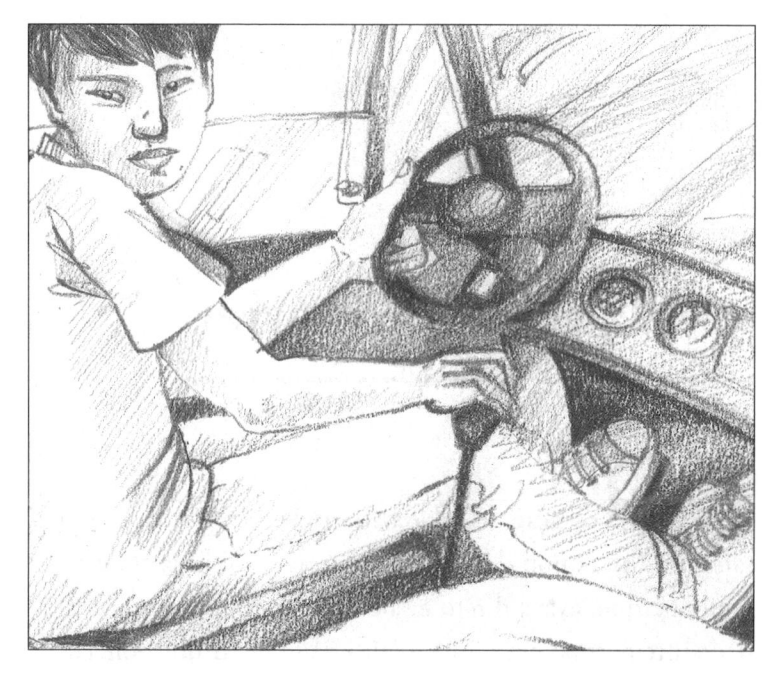

– Puxa vida, até que enfim você acordou – desabafou o rapaz, espiando pelo retrovisor. – Agora vai poder me dizer o que aconteceu.

Ela sentiu arder o lugar onde a aranha havia picado. Reviu na memória a toalha caída no chão do banheiro. O bicho correndo para se esconder.

Ao saber da história, Yukio apavorou-se. Ainda assim, tentou tranquilizá-la. E também a si próprio, para não fazer besteira no trânsito.

– Fique calma, a gente está indo pro hospital. É num instante.

Mal acabou de dizer e viu, logo adiante, um comando da polícia rodoviária, parando todos os carros.

5

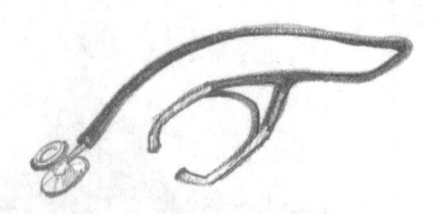

Ela pode até morrer

O coração de Yukio batia acelerado. Por sorte, o pensamento funcionou depressa. Lembrou-se de uma transversal à direita, que levava direto à saída de Mogi. Contornava a cidade inteira, mas era o único jeito de se livrar dos policiais.

Rita venceu a tontura e sentou-se, para ver o que se passava. Percebeu o medo do rapaz. Entendeu o que ele enfrentava por sua causa. Começou a reconhecê-lo.

– Você não é o filho do Tomoshigue, que está no Japão?
– Isso mesmo. Yukio é o meu nome. E você? Eu te via sempre lá na escola, no tempo em que estudava de manhã.

Ela disse o nome e acrescentou:
– Moro na Chácara do Cipó.
– Sei, da dona Felícia. Você é filha dela?
– Não. Meu pai trabalha lá.

Conversando, o rapaz relaxou um pouco a tensão. Entravam na zona urbana e ele tinha de se concentrar no tráfego. Calou-se.

Rita continuava sentindo muita dor, no braço e na cabeça. Remexeu-se no banco, procurando uma posição melhor para ficar. Foi quando notou o crisântemo, como se o estivesse vendo pela primeira vez.

– Que flor bonita!

– Ah, é lá de casa – comentou Yukio. – Pode ficar pra você.

A garota não soube explicar a razão – se tinha sido o gesto amável do rapaz ou se era a energia que emanava daquelas pétalas amarelas –, mas sentiu-se um pouco melhor.

Ao estacionarem em frente à Santa Casa, saltou sozinha do carro, levando consigo a flor. Girava-a entre os dedos na fila do pronto-socorro. E não via o tanto de gente ferida que andava por lá. Volta e meia chegava uma ambulância, sirene ligada, trazendo mais alguém. Antes de ser atendida, era preciso preencher ficha, responder a uma série de perguntas na recepção. Daí é que punham a pessoa numa maca e a largavam no corredor, até que o médico aparecesse.

Rita não precisava ser carregada. Podia andar. Difícil foi explicar por que nenhum adulto a acompanhava.

Yukio contou tudo para a atendente, desde o começo. Por fim, concluiu:

– Mas o que interessa é que a minha amiga foi picada por uma aranha venenosa e se não for atendida logo pode até morrer.

A mulher sorriu e explicou:

– As aranhas do Brasil não matam.

"Matam, matam...".

Aquelas vozes ecoavam na cabeça de Rita, que voltou a ficar atordoada. Tinha vontade de gritar. E apegava-se ao crisântemo como se fosse o único remédio capaz de acalmá-la. Súbito, começou a chorar.

Uma enfermeira aproximou-se dela e examinou os ferimentos. Na cabeça, o sangue já havia coagulado. No braço, havia apenas um pequeno círculo vermelho, inchado, em volta da picada.

– Você está muito nervosa. Não é nada grave – afirmou de forma carinhosa, já encaminhando a garota para atendimento.

Yukio ficou na sala de espera. Quando Rita saiu da enfermaria, estava com o semblante renovado. Os olhos tinham brilho e o rosto parecia mais bonito, apesar do curativo na testa. O rapaz percebeu a transformação. Imaginou-se tocando aquela pele clara, rosada nas faces. Sentiu uma onda de carinho crescendo no peito. Ficou tímido.

Também a garota conseguia observá-lo melhor, agora que tinha se livrado da dor. Sentia gratidão, mas não deixava de ver os cabelos negros e lisos do rapaz; os olhos sérios, puxados, com alguma coisa de misterioso.

O trânsito na estrada velha do Rio era mais intenso àquela hora do dia. Yukio não se importava. Nem parecia um motorista inexperiente. Os rodoviários já haviam abandonado a pista e ele pôde passar com tranquilidade. Viajando no banco da frente, Rita comentava a paisagem serrana e seu amor por árvores como a paineira e o manacá.

O sol já atingia a linha das montanhas quando eles chegaram na Chácara do Cipó. Ficaram encabulados na hora de se despedir.

– A gente se vê – falou Yukio.

– Obrigada... E também pela flor – agradeceu Rita.

O rapaz continuou. Tinha ainda um quilômetro pela frente. Escurecia ao estacionar em casa.

Kazuko o recebeu de cara amarrada. Ele já esperava por isso e foi logo contando o que havia acontecido.

Mesmo sem demonstrar, a mãe admirou o filho. E depois de ouvir a história toda, perguntou:

– Trouxe o álcool?

– Ih, me esqueci.

6

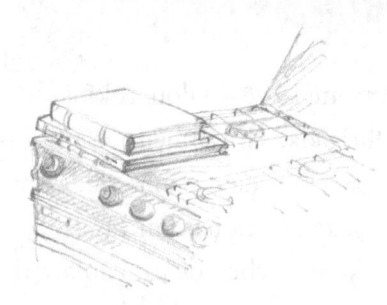

Um silêncio estranho

Tereza, a mãe de Rita, vinha voltando a pé do trabalho, cansada e com fome. Louca por um banho e um prato de comida, imaginava encontrar tudo pronto, o jantar na mesa. Mas, ao aproximar-se do rancho, viu os livros da filha largados em cima do fogão velho. A porta da casa estava escancarada. O terreiro, mergulhado num silêncio fora do normal. Estranhou.

Era como se o ar tivesse parado e não movesse uma folha de árvore sequer. A criação toda quieta: cabras e porcos recolhidos, de olhos abertos, mal se mexendo nas baias; galinhas nos poleiros, encorujadas antes da hora.

Já na sala, ela avistou a cozinha e a louça suja amontoada na pia. Intrigada, abriu a porta do quarto. O marido continuava estendido na cama, desacordado como sempre.

Onde estaria Rita? Vai ver tinha ido passar o dia na casa de Toninha. Havia tempo que a mãe observava algo de diferente na filha. Andava calada, triste, com preguiça até de estudar, o que era esquisito.

– Pobrezinha, menina ainda e já com tantas responsabilidades – suspirou Tereza, começando a lavar os pratos.

Nesse momento, a garota chegou sorridente. O crisântemo na mão.

– A senhora não sabe o que me aconteceu... – e começou a contar sobre a picada da aranha, ao mesmo tempo em que enchia um copo de água, para colocar a flor.

– E isso na testa? – quis saber a mãe, olhando para o curativo. – Meu Deus, que sofrimento! – exclamou, depois de ouvir toda a história.

– Pois é, a sorte foi que Yukio me socorreu – comentou a garota, enquanto ajeitava o vaso improvisado sobre o guarda-comida.

Tereza percebeu uma expressão nova no rosto dela. Não comentou nada.

– Você está bem agora?

– Estou. O médico disse pra eu colocar umas compressas de água quente aqui no braço.

– Tá bom. Depois eu te ajudo com isso. Agora vou preparar a janta. Estou morrendo de fome e o teu pai não pode ficar muito tempo sem comer.

– Coitado! Quando eu saí, ele ficou delirando com aquelas coisas lá da estação. Vou ver se está melhor.

– Faça isso, Rita – aprovou Tereza.

A garota foi e não se demorou a voltar. Veio com os olhos arregalados, o rosto transformado de pavor.

– Mãe, o pai morreu! – gritou.

Voltada para o fogão, Tereza permaneceu muda. Experimentava a mesma sensação de silêncio que havia sentido ao chegar.

Formas de afeto

Nesse meio tempo, na Chácara dos Crisântemos, Kazuko também havia emudecido. Já não era de muito falar. Quando contrariada, então, aí é que se calava mesmo. Mantinha no rosto um ar severo, duro, mal olhando para o filho.

Era uma espécie de castigo, que doía muito. Yukio achava injusta a indiferença e tentava descontrair a situação.

– Vamos regar bem estas mudas. Elas aguentam até amanhã.
– Aguentam, né? – ironizou ela, sem dizer mais nada.

Kazuko só se acalmou quando o velho Takahashi chegou.

– Antes de sair, passei aqui na câmara pra ver se faltava algum material. Vi que não tinha álcool e trouxe logo três garrafas – explicou ele, já sabendo dos acontecimentos.

Que alívio para Yukio! Teria beijado e abraçado o avô, se essa forma de mostrar afeto fosse comum naquela família. Na mesma hora, começou a desinfetar as mãos.

– O que é que você vai fazer? – perguntou a mãe.
– Trabalhar.

— E a aula?
— Vou faltar e adiantar este serviço.
— Nada disso.
— Deixe que eu faço — interveio o avô, olhando de um jeito compreensível e amável para o neto.
— Mas não é justo — insistiu o rapaz. — O senhor deve estar cansado.
— Ora, que bobagem! Vá se arrumar, vá.
Eram sete horas da noite quando Yukio ficou pronto. Já havia perdido a primeira aula, mas pouco se importava. Não tinha mesmo intenção de ir à escola. Só conseguia pensar em Rita, querendo saber se ela estava melhor.
Antes de sair, sem que a mãe e o avô percebessem, foi para o meio dos canteiros. Escolheu uns três galhos bem floridos. Será que Rita gosta de crisântemo carmim? De qualquer maneira, seria gentil levar um presente; fazer uma surpresa.
Caminhando rápido, ansioso, ele seguiu para a Chácara do Cipó. Ainda na estrada, viu a casa de Felícia, na parte elevada do terreno, completamente no escuro. Próximo à porteira, a residência dos caseiros, toda iluminada. Algumas pessoas conversavam lá dentro, junto à janela.
— Que é isso? — surpreendeu-se o rapaz. — Será uma festa? Ou essa gente veio visitar Rita só por causa do acidente?
A porta já aberta. Meio sem jeito, ele foi entrando. O maço de flores na mão.
— Boa noite — disse a todos, procurando a garota com o olhar.
Lá do quarto, ela ouviu a voz dele. Num segundo, apareceu na sala, os olhos inchados de chorar.
— Yukio! Como foi que você soube?

8

Meio perdidas

Yukio ficou confuso. Rita, embaraçada. Durante alguns segundos, continuaram assim: meio paralisados. Um olhando para o outro, o ramalhete de crisântemos entre os dois.

– Como eu soube o quê? – estranhou ele.
– Oh, meu Deus!...

Ela começava a compreender o gesto do rapaz. Não conseguiu dizer mais nada. Abraçou-o, soluçando.

Yukio ainda não havia entendido. Uma das senhoras que estava na sala soprou:

– O pai dela morreu.

Rita controlou o choro, pedindo desculpas, recebendo as flores. Foi quando Tereza entrou na sala.

– Que bom que você está aqui – disse, passando a mão na cabeça do garoto. – Assim eu posso te agradecer por ter socorrido a minha filha.

– Eu não fiz nada demais – respondeu ele, sem graça.

Estava constrangido no meio de tanta emoção. Estranhava a liberdade com que mãe e filha o tocavam, sem a menor cerimônia.

– Sente-se, fique à vontade – continuou a mulher, conduzindo-o pelo braço. – Rita vai dar um pulinho na casa da patroa e já volta.

Yukio, entretanto, não podia imaginar-se ali, entre pessoas desconhecidas, na ausência da garota. No momento em que ela ia saindo, perguntou:

– Posso ir com você?

– Puxa, que bom! Eu estava mesmo a fim de te pedir isso. Estou com medo de ir até lá agora de noite.

A ladeira começava cá embaixo, no contorno da lagoa. Duas trilhas paralelas de concreto tracejavam o caminho gramado. Rita e Yukio seguiam em silêncio.

Lá em cima, no centro de um pequeno platô, erguia-se a casa, grande e simples. Paredes brancas, janelas marrons, colunas de alvenaria formando varanda na frente.

– O que você veio fazer aqui? – quis saber o rapaz.

– Telefonar. Tenho de avisar dona Felícia. E também os amigos do pai – explicou ela, balançando um molho de chaves nas mãos.

– E essa gente que está na sua casa, quem é?

– São funcionários da granja. Minha mãe correu lá pra pedir ajuda. Ficou sem saber o que fazer, coitada!

Rita abriu a porta e acendeu a luz. A sala ampla, modestamente decorada, emergiu da sombra. Um conjunto estofado, com estampa de flores, formava o ambiente de estar à direita da entrada. À esquerda, uma mesa e quatro cadeiras de madeira escura. Apesar de tudo antigo, nada ali tinha aspecto decadente. Ao contrário, recendia vida. Móveis lustrados, toalhas engomadas, cortinas brancas limpíssimas.

A garota sentou-se numa poltrona ao lado do telefone. Digitou primeiro o número da patroa.

– Pois é, dona Felícia, estamos até meio perdidas... Ligar pra quem?... Ah, pro administrador de Sabaúna. Sei, pra ele marcar o enterro, né? Vou fazer isso. E a senhora vem?... Amanhã de manhã!... Tá certo, então. Obrigada.

Rita desligou.

– Ela mora aqui? – quis saber o rapaz. Havia observado um nicho na parede, cheio de pequenas estátuas, ornado com sempre-vivas de diversas cores e uma lamparina a óleo.

– Depois que ficou viúva, passa uns tempos aqui, outros na casa da filha, em São Paulo – respondeu ela, já fazendo nova ligação.

O ar pensativo, Yukio continuou em pé, olhando para os santos. Lá estava o crucifixo, bem ao centro. Ao lado, Nossa Senhora com véu. Em redor, uma freira, ferida na testa, segurava uma cruz e uma coroa de espinhos; um padre negro carregava uma criança. Havia também um soldado romano, com ramo de palmas na mão.

O garoto sabia pouca coisa sobre aquela religião.

– Não sei a que horas. Quando a mãe e eu chegamos em casa, ele já tinha morrido... – falava Rita, ainda no aparelho.

Repetir a mesma história tantas vezes só fazia aumentar sua tristeza. Completadas as ligações, levantou-se e aproximou-se do rapaz.

– Quem são? – perguntou Yukio, apontando as estátuas.

– Você não é católico, né? – ela compreendeu. – Bem, esse aí no meio é Jesus...

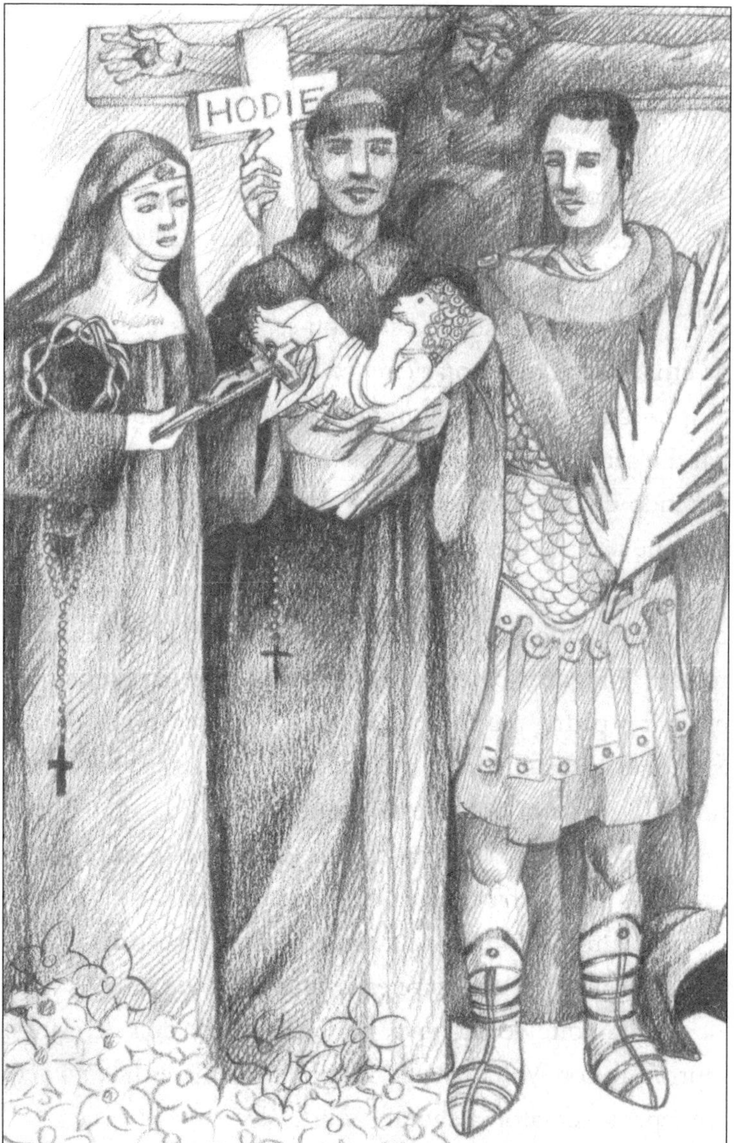
HODIE

– O único que eu sei.
– Aquela é Nossa Senhora, mãe dele. Os outros são Santa Rita...
O garoto sorriu.
– Ah, Rita! Igual a você.
– ... São Benedito e Santo Expedito – concluiu a garota, sentindo uma forte intuição.

No mesmo instante, ajoelhou-se, benzeu-se com o sinal da cruz, e começou a orar em voz alta.

– Nossa Senhora, ilumine o caminho da alma de meu pai. Eu sei que ele deve ter cometido muitos pecados. Andou bebendo demais, brigou demais com a mãe e até falou, uma vez, que não acreditava mais em Deus. Mas tenho certeza que foi só da boca pra fora, viu. A cabeça dele não andava batendo bem, coitado! Como sofreu naquela cama! E no fim morreu sem ninguém perceber. A gente não teve tempo nem de chamar o padre, pra ele se confessar. Por favor, minha Nossa Senhora, peça a Deus para perdoá-lo. Porque, no fundo, no fundo, ele era um homem bom.

Yukio ouviu a oração com respeito. No íntimo, achou estranhas as palavras de Rita, mas não disse nada.

A garota levantou-se. Com o rosto lívido, disse:
– Vamos. A mãe deve estar precisando de mim.

Era noite de lua nova, fria e escura. Os dois desciam o morro calados. Volta e meia, Rita olhava uma estrela no céu. De repente, desatou a chorar.

– Não chore – consolou Yukio. – Pense que seu pai se libertou das penas e preocupações aqui da Terra.

9

Luz da verdade

Passava da meia-noite quando Yukio pegou a estrada de volta. Olhos acostumados com a escuridão, ouvidos atentos aos barulhos da mata, o choro de Rita no pensamento. O pio fúnebre da coruja, como a fazer coro para a tristeza da garota. Sapos e rás coaxando nos brejos, numa algazarra indiferente aos sentimentos humanos.

O rapaz teria, outra vez, de explicar o atraso para a mãe, se Kazuko estivesse acordada. Como não estava, deitou-se e dormiu, embalado pela sinfonia da noite.

Na Chácara do Cipó ninguém pregou olho, a madrugada toda, velando o corpo de Sebastião. Tereza lamentava a perda do marido. A filha sentia a falta do pai. A gente toda de Sabaúna despedindo-se do amigo.

Agora, a manhã chegava fria e nevoenta. O clima era de lassidão, de olhos inchados e rostos abatidos. Até que o ronco de um motor, seguido de buzina, despertou o ânimo geral.

– Deve ser o carro funerário – suspeitou Tereza.

Rita correu para o terreiro. A neblina cobrindo as montanhas, os campos, a estrada, mal dava para enxergar o automóvel, do lado de fora da porteira. Era Felícia.

– Abra aí, minha filha – gritou, a cabeça para fora da janela.

Tereza não havia se enganado. Logo atrás da patroa encostou o automóvel preto, de guirlandas brancas nas janelas. E, depois, um quatro-portas azul-marinho. No assento do passageiro, vinha Yukio. Dirigindo, estava o avô.

Mais uma série de abraços, palavras de conforto, lágrimas de dor na hora de fechar a urna. O corpo de Sebastião meio submerso nas flores, uniforme de ferroviário, quepe sobre o coração.

Felícia deu carona a Tereza. Rita e Toninha foram com os japoneses. Alguns se dividiram entre o carro do administrador de Sabaúna e de outros que estavam por ali. Muitos, porém, seguiram a pé para o vilarejo.

O sol, surgindo detrás da montanha, pouco a pouco, dissolvia o nevoeiro. Logo o dia se fez frio e iluminado, de um azul infinito e sem nuvens. O cortejo entrou pelo cemitério. As pessoas carregavam palmas, cravos, crisântemos coloridos, para enfeitar a sepultura. Na hora de descerem o caixão, o velho Takahashi pediu:

– Esperem!

Abriu um livro que trazia debaixo do braço e começou a ler:

– *Escuta, nobre Sebastião. Experimenta agora a irradiação da clara luz da verdade pura. Toma conhecimento desse vazio que* não é o vazio do nada, e sim o intelecto em si, desimpedido, luminoso, estimulante e feliz.

Várias pessoas surpreenderam-se. O que o japonês queria dizer com aquelas palavras? Tereza bem que gostou do que o velho havia falado. Havia entendido muito pouco, é verdade. Só o bastante para saber que era algo de bom.

Felícia sensibilizou-se com o conteúdo da oração. Apesar do rosto altivo, da postura ereta, mantinha uma doçura no olhar. Mais de cinquenta anos de idade, pele vincada, cabelos brancos não tinham sido suficientes para apagar de vez a jovialidade daquela italiana. Ela se lembrou do seu também finado marido, desejando para a alma dele o máximo em evolução. Como gostava muito de ler, talvez entendesse o *vazio* – *que não é o vazio do nada* – mais do que ninguém ali presente.

Quem imaginou, porém, a *irradiação da clara luz da verdade pura* foi Rita. No íntimo, sentiu uma ligação profunda com essa luz.

10

A hora da estrela

Agora me lembrei de que houve um tempo em que para me esquentar o espírito eu rezava... A reza era um meio de mudamente e escondido de todos atingir-me a mim mesmo. Quando rezava conseguia um oco de alma – e esse oco é o tudo que posso eu jamais ter. Mais do que isso, nada. Mas o vazio tem o valor e a semelhança do pleno.

Felícia parou de ler. Olhou agradecida para o nicho na parede, encostou a cabeça no espaldar da poltrona e relaxou os pensamentos. Uma semana depois da morte de Sebastião, já havia tido tempo para refletir sobre as decisões a tomar, com relação a si própria e às caseiras desamparadas.

Clara, a filha, tinha respeitado sua vontade de viver mais tempo na chácara do que em São Paulo. E não poderia ficar sem um trabalhador homem, para os serviços mais pesados. Era difícil crer, mas parecia estar chegando o momento de paz que havia algum tempo buscava.

– Dona Felícia! – ouviu a voz de Tereza, chamando de fora.

Ela levantou-se ainda segurando o livro. Marcou a página, largou-o sobre a mesa de comer e foi abrir a porta.
— Oi, entrem. Estava esperando vocês.

Rita e a mãe ansiavam por aquela conversa desde cedo. Passaram o dia em conjecturas sobre o que fariam da vida sem pai nem marido.

— Vamos pra Mogi! — havia sugerido Tereza.

Naquele momento, a filha olhou para o copo sobre o guarda-comida. O crisântemo amarelo esmaecia, cabisbaixo. Pela primeira vez, teve dúvidas se queria ir para a cidade.

— Fazer o quê lá? Trabalhar onde?

Tereza pensava em ser governanta. Conhecia bem os hábitos de gente rica. Havia cantado em suas casas. Trazia no sangue, no espírito, embora longínqua, a ancestralidade dos senhores da uva, antigos moradores de Sabaúna.

Meio temerosas, esperando o veredicto da patroa, entraram tímidas.

— Sentem-se — convidou Felícia, apontando para a sala de jantar.

Rita puxou a cadeira próxima de onde estava o livro. Viu-se diante dele e gravou o título na mente: *A hora da estrela* — Clarice Lispector.

— Cheguei a uma conclusão — retomou a patroa. — Creio que posso conservá-las aqui. Se é isso que querem, bem entendido. O que eu pensei foi o seguinte: vocês vêm morar comigo. Tem um quarto com banheiro que dá bem pras duas. E eu contrato um casal pra morar lá na porteira.

A garota sorriu. Tereza franziu o cenho e perguntou:

— A senhora dá um tempo pra gente pensar?

— É justo! Eu também precisei de tempo. Mas, antes, quero deixar tudo bem claro. Nunca pude pagar muito pro seu marido. Vivo de pensão e da ajuda de minha filha. Agora que Clara concordou em pagar o caseiro, eu dou comida pra vocês e uma ajuda à Rita. Pra me tirar o pó da casa, lavar a louça. E nem precisa mudar o horário das aulas; trabalha de tarde. De noite, faz os deveres de casa. Porque de cozinhar eu gosto. Só que faço uma comida leve, meio naturalista, não é todo tipo de carne que eu como. Vocês vão ter de se acostumar... — sorriu. — Você, Tereza, pode continuar com o seu emprego.

Rita desceu o morro sentindo algo se alegrar dentro dela. A mãe, percebendo que pela primeira vez era livre para optar. Entre o quê, meu Deus? Entre uma vida presa ao passado que nunca havia sonhado para si e a incerteza, o medo, o desafio do novo desconhecido. Se pelo menos conhecesse alguém influente! Poderia costurar uma roupa nova na máquina de Felícia (a patroa não se importaria) e ir procurar uma daquelas senhoras mogianas, para as quais havia cantado.

E por que não fazer as duas coisas? Aceitaria, sim, a proposta de Felícia. Para a filha seria melhor se não interrompesse os estudos. Enquanto isso, pensaria num meio de ir para a cidade.

Um mundo lá de dentro

Morar com Felícia foi mesmo muito bom para Rita. Aprendia sempre um pouco com a simplicidade e os requintes da mulher. O amor pelos objetos da casa, pedaços de sua história. A leitura desfrutada com grande prazer. A arte na culinária.

Comentava sempre com Toninha o jeito da patroa.

– Ela passa horas lendo, lá naquela poltrona de flor dela. A janela sempre aberta, vez em quando olha pra fora. Parece que fica pensativa, depois volta pro livro. Às vezes sorri, às vezes fica séria.

Toninha, sentada sobre um tronco caído na estrada, só ia ouvindo. E achava bom ficar ouvindo, sem achar mais nada. Tudo que Rita falava era importante. Qualquer assunto, qualquer fantasia ou brincadeira. Os olhos fechavam, sorrindo detrás da cara gorda. Como se a felicidade para ela fosse sonhar calada o sonho da outra.

Suspirou emocionada quando Rita falou de Yukio. De que o garoto tinha lhe feito outra visita na Chácara do Cipó. E de como Felícia o havia recebido bem.

– Eu estava estudando e ela me chamou. Chego na sala e lá está ele, sentado no sofá. Um copo de refresco na mão. Aí, ela disse: "eu vou ficar no meu quarto, pra vocês conversarem à vontade". Não é demais?

A amiga acenou que sim com a cabeça.

– Ah, Toninha! Desde o dia em que Yukio me socorreu que tem um monte de coisa mudando, aqui, dentro de mim. Eu não sei explicar direito, mas é como se ele, sem falar, me contasse várias histórias. O olho dele parece estar sempre olhando prum outro mundo. Prum mundo lá de dentro. Eu fico querendo ver esse mundo. E às vezes é como se eu visse mesmo... Ah, ele trouxe mais crisântemos, todos amarelos. E me convidou pra ir à chácara dos Takahashi.

12

Inventar é possível

Entre alamedas de crisântemos, Yukio e Rita passeavam. Apesar do dia cinza, havia muita cor em volta deles. E calor também, sob a iluminação dos canteiros. A conversa é que mantinha um clima temperado, o garoto querendo conhecê-la melhor.

– Vocês vão ficar morando lá no Cipó?

– A mãe disse que vai esperar eu terminar o Ensino Fundamental, até o fim deste ano mais o outro.

– É quando meu pai chega do Japão. Ele prometeu comprar um computador pra mim.

Rita imaginou-o em frente ao vídeo colorido, digitando no teclado, iguais aos que tinha visto nas lojas de Mogi. Veio junto uma visão da infância: a lembrança do pai batendo nas teclas do telégrafo.

– E você? – continuou Yukio. – O que quer estudar?

– Não sei – respondeu ela, sentindo uma necessidade enorme de saber.

Era algo em que ainda não havia pensado. Fechou os olhos por um segundo. O garoto esperando que ela dissesse mais alguma coisa.

– Sinto que vou descobrir.
– Eu gosto de computação gráfica.
– Computação gráfica?

Rita não disfarçou que ignorava.

– É trabalhar fazendo imagens no computador. Que nem as que aparecem na televisão, nas propagandas ou entre um programa e outro. Eu gosto de pintar e, se pudesse digitalizar meus desenhos numa tela eletrônica, ia ser o máximo.

Como Yukio era inteligente! O sonhar alto dele constrangia um pouco Rita. Ela fechou os olhos de novo, desejou uma carreira brilhante para si também.

E o tempo foi passando. Chegou o verão. A serra toda pintada do roxo dos manacás. O porte gigante e romântico das paineiras tingindo de rosa aqui e ali com suas flores. Na estação em que os relógios eram adiantados, Yukio estava em férias. Terminava o trabalho e ainda tinha uma parte do dia livre.

Numa tarde daquelas, saiu de bicicleta pensando em pegar a cachoeira do Saci. Era um dos seus lugares preferidos. Debaixo do jorro, o garoto contemplava o azul-verde metálico dos beija-flores, os muitos amarelos e vermelhos das borboletas fazendo amor no ar, o branco puro dos jasmins-do-mato.

A queda d'água chamava-se Saci porque ficava na divisa das terras de dona Emília. O sítio tinha sido batizado pelo filho dela. Embora nunca o tivesse visto, Yukio sabia que ele era escritor. Quantas vezes o havia imaginado naquele traba-

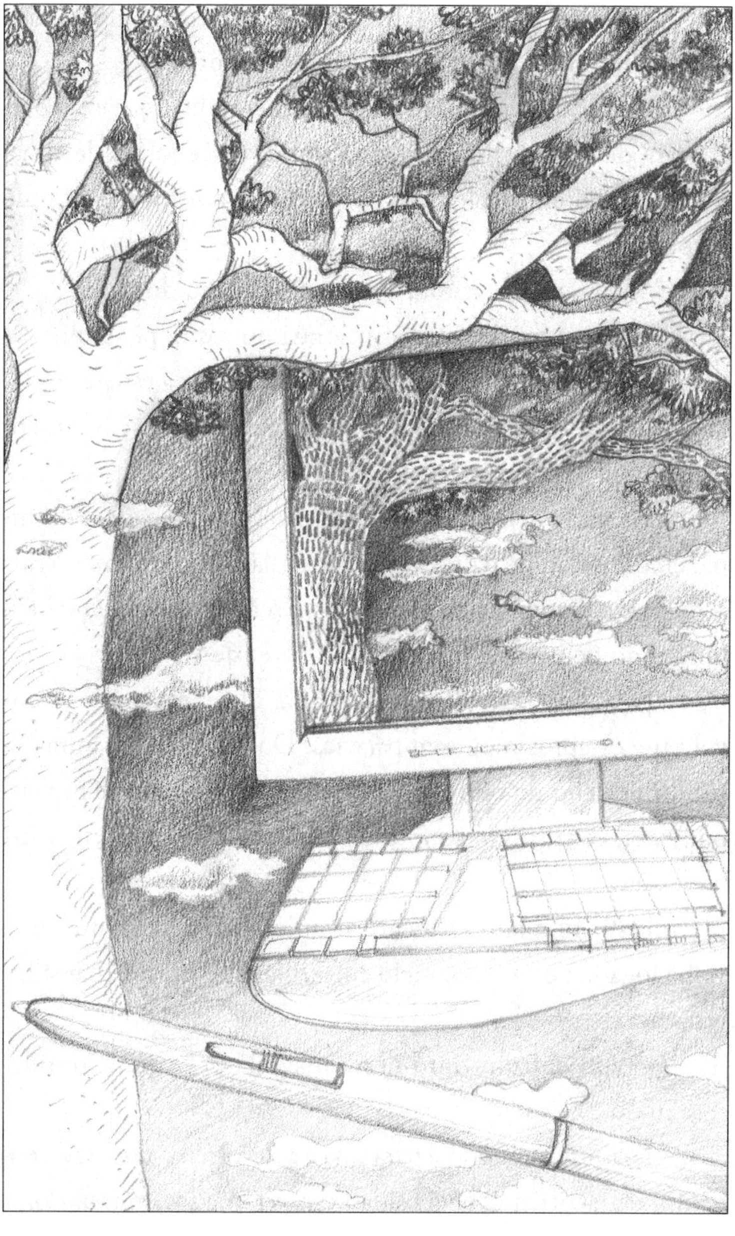

lho de inventar histórias! Também queria inventar algo, usando as cores. Seria outra forma de fazer história.

Yukio, entretanto, desistiu do mergulho ao passar pela chácara de Felícia. Rita varria a varanda e acenou lá de cima. Mão no freio da bicicleta, pé no chão, o rapaz fez meio cavalo de pau.

— Vem aqui — gritou, levantando poeira do chão.

A garota primeiro entrou. Água no rosto, pente nos cabelos, um pouco de lavanda no pescoço. Yukio a esperava sentado no pilar da porteira, sob o arco florido de primaveras cor de maravilha. A cena encheu os olhos dela.

Na visão dele, Rita vinha descendo o gramado da rampa, emoldurado de palmeiras e hortênsias. Ombros nus, a saia rodada mostrando as canelas e pés descalços. O sol ainda coloria tudo de luz. Sentiu o coração bater de alegria.

Nem precisava dizer mais nada. Da energia que os envolveu e os aproximou sem palavras. Do olho de um entrando fundo no olho do outro. O que se deu foi um beijo em plena natureza, com fundo sonoro de bem-te-vis e andorinhas canadenses.

Dali em diante, Rita até arranjou bicicleta. Tinha uma velha jogada no rancho, meio enferrujada. Nunca se havia interessado.

— Vou dar um trato nessa magrela pra você — prometeu Yukio.

E cumpriu. Levou-a para casa e a devolveu como nova: engrenagens e correntes engraxadas, canos pintados de amarelo.

A cachoeira do Saci virou o lugar dos dois. Durante a semana não aparecia mais ninguém. E eles conversavam. Ora mergulhando, ora secando ao sol, ora à sombra de uma quaresmeira em botão.

Rita revelou-se uma excelente contadora de casos. Nem desconfiava que tinha esse talento. Trazia na memória histórias que o pai contava, antes de ficar doente. Eram acontecimentos engraçados ou tristes, às vezes românticos, que ele presenciava na estação. Yukio ia fotografando mentalmente as expressões e posturas que ela fazia, perdendo aos poucos a timidez.

– Gostaria de ver você através de uma câmera, jogar sua imagem num monitor de tevê.

O sonho de cada um atingia o máximo do verão. O poente amarelava a casa de dona Emília no alto do morro. A ideia de um escritor invisível, trabalhando dentro dela, pairava como símbolo de que era possível inventar.

13

Uma linguagem de amor

O outono chegou torrencial, derrubando árvores com trovões. Noites faiscantes, dias encharcados. Rita enfrentava a lama para ir à escola, mas de bom humor. Chafurdar o tênis, sujar a calça de barro eram coisas à toa. Mais valia o que estava aprendendo.

Via menos Yukio nessa época. E gostava da saudade singela que batia no peito. Encontrava paz junto de Felícia. Tereza gostava de se recolher cedo. A filha mais a patroa ficavam na sala. Uma com os exercícios de casa, outra lendo. Entre conversas rodeadas de silêncio, trocavam impressões do mundo.

– Quanta coisa que eu demorei a descobrir na vida! – suspirou a patroa, abaixando o livro no colo.

– Eu também.

– Ora, "eu também"? Você ainda é uma menina.

– Ah, mas preciso ficar adulta logo.

– E pra quê?

– Pra ser alguém.

– Você já é alguém... Mas é assim mesmo que se pensa: em querer ser alguém sempre melhor.

– Desculpa eu perguntar, mas o que é que a senhora tanto lê?

– Um pouco de cada coisa – sorriu Felícia. – Gosto da literatura para relaxar e me comover. Nos livros de jardinagem, aprendo como cuidar das plantas. Em outros, tento me conhecer melhor. A gente é várias pessoas dentro de uma só. Você entende?

– Acho que estou começando...

Estava começando, na verdade, um novo tempo. Primeiro inverno sem o pai. Primavera entrando e passando devagar. Rita perto de se formar na escola. Tereza amadurava a ideia de ir para a cidade. Yukio andava louco pelo computador que chegaria no final do ano, junto com o pai.

Até que veio de novo o verão. Sob o sol de dezembro, o rapaz e a garota tiveram o último encontro na cachoeira do Saci.

Rita usava um maiô que tinha sido de sua mãe, com estampa em tons de laranja. A toalha preta, já gasta, amarrada à moda de canga. Yukio vestia malha de ciclista. O tecido agarrado realçando os músculos magros e rijos das suas coxas.

Os jovens mal conversavam dessa vez. Olhos e corpos é que falavam, moviam-se numa linguagem de amor. Amaram-se em silêncio, em segredo, com a sensação de que histórias diferentes iriam começar.

Histórias de amor pela vida, que bem poderiam ser testemunhadas pelo escritor daquela casa.

14

Natal e fim de ano

Como que antevendo alguns acontecimentos, Felícia havia resolvido comemorar o Natal na Chácara do Cipó. Clara, a filha, viria de São Paulo. Tereza poderia convidar quem quisesse da granja.

A mãe de Rita andava confiante. Abria-se com a patroa, mostrando sua alma simples e cheia de ilusão. Ilusão de que a vida ainda lhe devia muito. Se não era a hora de ir cobrar? Ganhava mais dinheiro, agora, depois de promovida a selecionadora de ovos, num serviço limpo de manejar máquinas modernas. Podia ir para o trabalho com roupas asseadas e tratadas. Interiormente, procurava resgatar um pouco da Miss Primavera, dos tempos da juventude.

À Rita, Felícia havia dito que chamasse Toninha – não haveria nada na casa daquela família de gente humilde, para quem tanto fazia se fosse Natal ou outra noite qualquer – e também Yukio, apesar de saber que o rapaz não era católico.

O garoto bem que gostou de ter ido. Apreciou a comida, a conversa com Felícia, que falava de flores.

– Vejam as orquídeas, por exemplo, gostam de ar, umidade e calor. Se você dá isso a elas, elas ficam lindas.

Clara explicava seu trabalho como jornalista em São Paulo. Rita ficava imaginando-se no lugar dela. Os cabelos bem tratados, a pele delicada, mãos finas e compridas, com jeito de pessoa inteligente.

Quando todos estavam na sala de estar, Toninha parecia vibrar com os assuntos. Mas limitava-se a dizer duas frases:

– Ah, isso é. Também acho – se convidada a opinar.

Quando todos se movimentavam por outros cantos da casa, vez ou outra, ficava esquecida, sorrindo de longe para diálogos que não ouvia.

Rita foi até ela.

– Ah, minha amiga. Você aqui hoje, pra mim, é um presente de Jesus.

Que Natal maravilhoso foi aquele para Toninha! Iria carregá-lo sempre na memória.

Da lembrança de Rita nunca mais sairia um jantar japonês de fim de ano, na Chácara dos Crisântemos. Eles comemoravam o retorno de Tomoshigue.

O pai de Yukio não suspeitava de namorada alguma. Na bagagem, além de dinheiro e experiência, trazia um plano para o filho.

– Penso que você deveria estudar um tempo no Japão. Será difícil, mas engrandecedor.

15

Mensagens do sol

—Outra vez por aqui, gatinha! – exclamou o homem careca atrás do balcão.
— Alguma coisa pra mim? – perguntou Rita.
— Não. Mas o que é que você tanto espera?
— Nada de importante – disfarçou.

Já era a terceira vez na semana que passava por ali. Esperava notícias de Yukio, que havia ficado de enviar correspondência para o endereço do armazém. O carteiro só ia até Sabaúna. Na zona rural, quem quisesse receber cartas tinha de alugar caixa-postal na agência do correio em Mogi. Ou, então, contar com algum amigo que morasse no vilarejo.

Rita montou na bicicleta e pedalou com toda energia, na velocidade máxima que suas pernas podiam aguentar. Dois meses sem ver o namorado, a cena da despedida voltando em pedaços na memória.

— Tenho de ir – havia dito ele. – Não é só porque o meu pai quer. Eu também quero. A informática é muito avançada no Japão. É só um ano. Passa depressa.

Ela não tinha respondido. Vagueava o olhar pelo horizonte, a imaginar-se sem o namorado. Era como se tivesse sido ontem, e entre este ontem e o hoje se abrisse um enorme espaço de tempo. Tempo oco, feito de noites mal dormidas, dias sonâmbulos de saudades.

"É impressionante a força que as coisas têm no momento em que elas têm de acontecer", lembrou-se de que alguém já havia dito isso. Talvez tivesse sido Felícia, que, provavelmente, havia escutado ou lido a frase em algum lugar. Que força era aquela que tinha levado Yukio para longe? Ou esta outra que fazia Rita quase voar montada na bicicleta?

– Exercícios físicos fazem bem à mente. Funcionam como remédio para os conflitos emocionais – recomendava sempre a patroa.

Respiração ofegante, roupas molhadas, Rita estancou. Ainda que o corpo se esvaísse em suor, mesmo assim não se libertaria da dor. A cachoeira do Saci, murmurando à beira da estrada, também parecia chorar. Sentiria falta do rapaz? Lágrimas salgadas misturavam-se à torrente doce, a pressão forte da queda sulcando as pedras do riacho. Se abrisse um buraco no chão, cavando fundo até o outro lado da Terra, sairia no Japão. A garota ajoelhou, aproximou os lábios de uma fenda e gritou:

– Yukio, por que você não me escreve?

Uma das pernas deslizou sobre o limo escorregadio. As mãos, procurando agarrar a saliência de um rochedo, não a alcançaram. Mas o refluxo da corrente amainou-lhe o tombo.

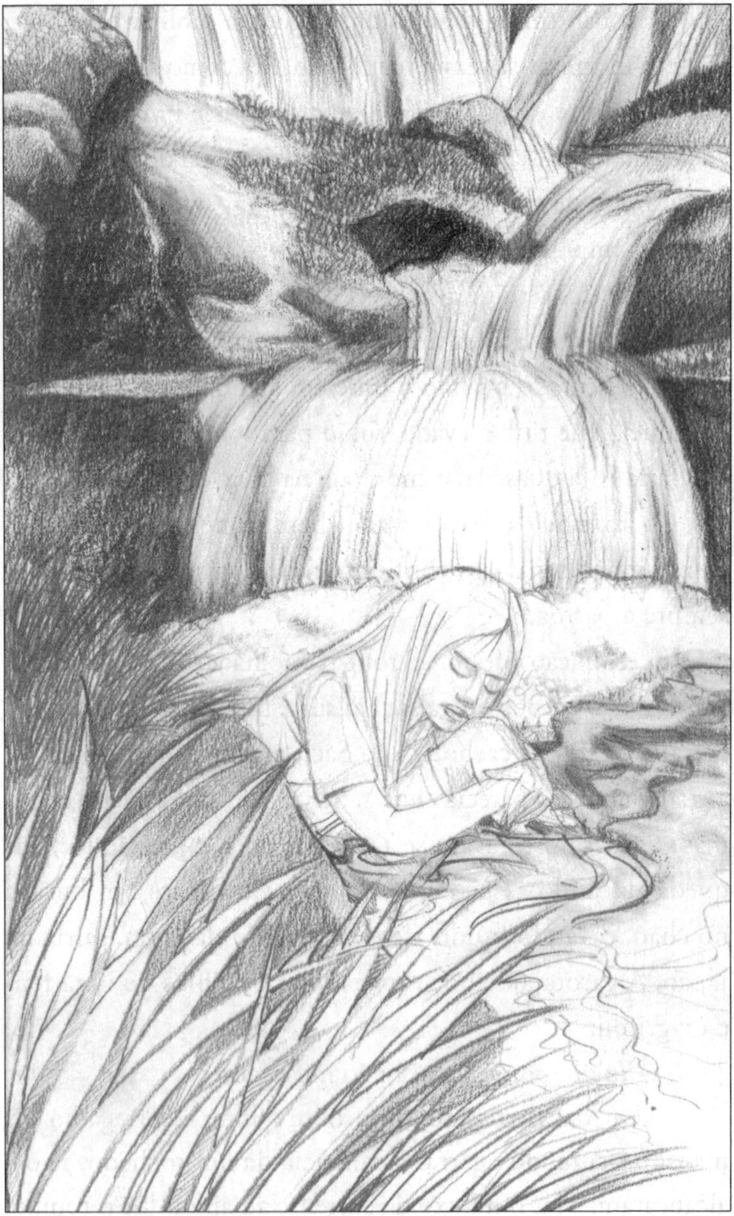

E o banho gelado serenou seu coração. Rita viu-se sentada sobre o leito raso forrado de seixos. E achou bom ficar assim. As águas massageando as costas com carinho. Camiseta e bermudas ensopadas, colando no corpo transparentes. Árvores frondosas peneirando a luz.

Pensou no futuro. Pouco mais de um mês, e as aulas começariam. Escola nova, colegas novos. Meninos e meninas lá da cidade. Será que ia gostar deles? Será que iam gostar dela?

Pensou também na mãe. Tereza havia desistido, pelo menos por algum tempo, de mudar-se para Mogi. Bem que ela havia tentado arranjar serviço na cidade, mas estava difícil. Vai ver, tinha resolvido trocar emprego por casamento, pois andava tão cheia de vaidades, que só vendo. Era um tal de reforma vestido daqui, corta e cose saia dali (copiada da revista), que a máquina de Felícia parecia jamais descansar. Bem que a patroa gostou, aproveitou e abusou dessa febre costureira de Tereza.

– Gostaria de trocar a cortina do meu quarto. Você faz uma nova pra mim?

Ou então:

– Emagreci um pouco, esta calça ficou folgada. Será que tem jeito de apertar?

– Tem, sim, dona Felícia, pode deixar comigo.

– Você costura bem.

– Aprendi com minha vó.

Também com a avó tinha aprendido a enfeitar-se, a ficar bonita, para ser cortejada pelos rapazes. E, se não teve sorte na primeira vez, quem sabe agora seria diferente?

A filha percebia e compreendia os desejos da mãe. Viúva, ainda jovem, devia sentir-se muito sozinha. Do mesmo modo que ela, tão solitária, naquele momento.

Faltava pouco para escurecer. As águas ficavam cada vez mais geladas. Lembrou-se outra vez de Yukio. Das palavras dele antes de partir.

– Quando o dia aqui está terminando, lá está amanhecendo. E, quando lá entardece, aqui é de manhã. Nessas horas, a gente pode mandar mensagens pelo sol. Nesses poucos minutos em que os raios iluminam Ocidente e Oriente ao mesmo tempo.

Rita procurou o sol. Uma estreita faixa laranja ainda brilhava por trás das montanhas. O olhar concentrado naquela direção, perguntou:

– Yukio, por que você não me escreve?

Um arrepio de frio arrancou a garota do devaneio. Percebeu que tinha de sair do rio, se não quisesse adoecer. Ficou nua atrás do capinzal, torceu a roupa toda e tornou a vesti-la. Era hora de voltar para casa.

Ao montar na bicicleta, um pensamento invadiu sua mente.

"Se Yukio não escreveu até agora é porque não pôde. E não porque se esqueceu de mim. É só ter paciência mais um pouquinho, que a carta dele logo, logo, está aí."

De onde vinha essa certeza, não sabia. Olhou para o céu mais uma vez. Acabava de anoitecer.

16

Século XXI

O despertador soou antes mesmo de o galo cantar. Tereza não abriu os olhos nem se mexeu. Mas os ouvidos estavam bem despertos, prestando atenção se Rita iria se levantar.

A filha revirou-se na cama, procurou a luz da manhã pelas frestas da veneziana. Não a encontrou. O quarto continuava escuro como na hora em que havia ido se deitar. Ela abraçou o travesseiro tentando rever Yukio. Tinha sonhado com ele a noite inteira. Um sonho tão nítido que parecia real.

Nas ruas de Tóquio, estonteantes de luz, milhões de pessoas agitavam-se nas calçadas, nos bares, nas lojas. Anúncios de néon criavam efeitos visuais alucinantes. Música de diversas partes do mundo tocava aqui, ali, em casas de discos, de vídeos, de jogos. O telão eletrônico no alto de um edifício escrevia RITA em letras enormes, fazendo movimentos, mudando de cor, reproduzindo o rosto dela em comerciais de refrigerante, reverberando fachos vermelhos, azuis, amarelos sobre a vida noturna da cidade. Numa sala estreita e abafada, Yukio comandava o painel de controle.

Nada disso combinava com o silêncio da madrugada na Chácara do Cipó. Nem os pássaros tinham acordado. Melhor mesmo seria continuar dormindo e perder-se naquele espetáculo urbano do século XXI.

– Está na hora! – alertou a mãe.

Que sacrifício levantar, vestir a roupa! O corpo recusava-se a ajudar. Faltava equilíbrio para suspender a calça, amarrar o tênis. A camiseta foi enfiada pelo avesso e a jaqueta, abotoada torta.

Primeiro dia de aula. Rita ainda não sabia como se organizar depressa na cozinha. Atrapalhada, deixou o leite ferver e derramar no fogão.

– Droga! – xingou, já totalmente desperta de raiva. – Agora vou ter de limpar antes de sair.

O galo cantou. Um primeiro papa-capim piou. O brilho das estrelas perdia a intensidade quando ela pisou na estrada. Cinco e trinta. O ônibus das seis não daria mais tempo de tomar. Para que correr? O próximo sairia só às sete.

Se pudesse, voltava para debaixo das cobertas. Estava morrendo de inveja da mãe, que não precisava mais pular cedo da cama. Tereza, agora, só costurava. Havia pegado uma encomenda da mulher do vendeiro. E, já na prova, o vestido tinha caído tão bem no corpo da freguesa, que a fama de boa costureira em pouco tempo havia se espalhado pelo vilarejo.

No começo, não quis pegar tantos pedidos. Tinha de trabalhar à noite, cansada. Ficava constrangida de faturar com a

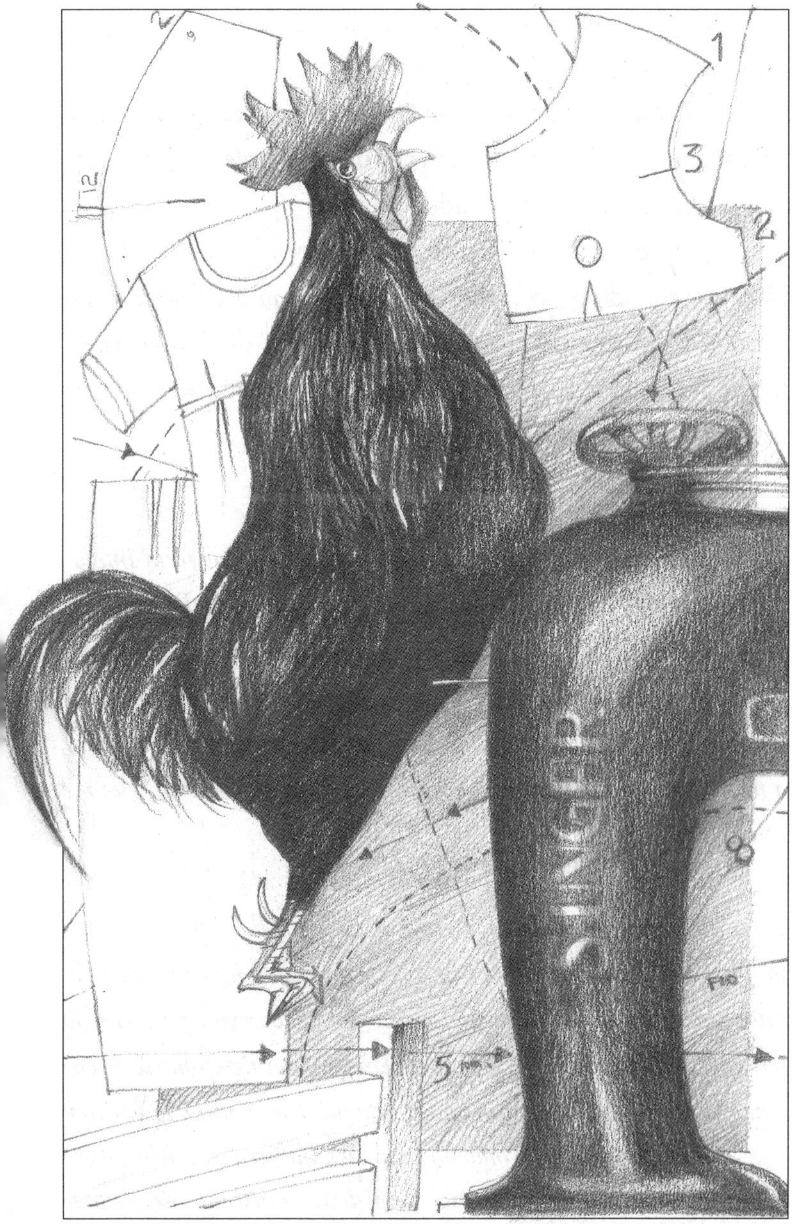

máquina da patroa. Mas que nada! Ela nem se importava. Incentivava até.

– Pode usar quanto quiser, até conseguir comprar sua própria máquina. Aliás, acho que você deveria largar a granja. Vai ganhar muito mais costurando.

Mulher generosa! Rita reconhecia isso, andando devagar. O céu tornando-se azul-marinho, ela voltou a lembrar-se do sonho. Não tinha sido ao acaso. As imagens de Tóquio já estavam na memória. Impressas num cartão-postal recebido na véspera, junto com a carta tão esperada.

Rita,

Tudo aqui é uma loucura maior do que eu poderia imaginar. Nunca vi tanta gente junta num lugar só. São Paulo perde de longe. E a tecnologia, então! Fico confuso com tantos aparelhos, pra fazer isso e aquilo. Até as pessoas parecem meio automáticas neste país. Isto é, no dia a dia, quando estão trabalhando. Tomar o metrô é quase impossível. O povo todo fica tão grudado, que me falta o ar.

O curso que estou fazendo é o maior barato. É cada computador que tem aqui, que chega até a falar. E por falar em falar, meu problema é com a língua. Apesar de ter aprendido japonês desde pequeno, percebo agora que não sei muito. Você sabe, neste país, eu não tenho cara de estrangeiro. As pessoas vêm falar comigo como se eu entendesse tudo. Entendo só um pouco. Me sinto discriminado por isso.

Estou na casa do irmão do meu avô, na periferia. Mas, quase sempre, me sinto sozinho no meio desta multidão, destes pré-

dios altos. Sorte é que de onde moro dá pra ver o mar, senão... sei não. Morro de saudades dos crisântemos, do verde das montanhas e, mais que tudo, de você.

A cachoeira do Saci, como vai? Cuide bem dela pra nós, tá? Não deixe ninguém jogar lixo. Ainda vamos tomar muitos banhos juntos naquela água deliciosa. Ah, aqui está fazendo um frio de rachar.

Um beijo grande, e vê se responde, hein!

Yukio.

É claro que Rita responderia. Até já pensava no que iria escrever. Ensaiava o texto na cabeça, ainda a caminho de Sabaúna. Uma tênue claridade despontou no horizonte, desenhando a linha das montanhas, o contorno das árvores. No mesmo instante, um motor começou a roncar à distância, como se quebrando o encanto do amanhecer.

"Um carro!", imaginou a garota. "Puxa vida, se eu conseguisse carona, daria tempo de pegar o ônibus das seis".

O barulho aproximando-se, ela olhou para trás e viu o furgão dos Takahashi. O avô de Yukio ao volante.

– Aonde vai tão cedo? – ele perguntou.

– Pra Mogi. Agora estudo na cidade.

– Ora, suba aí. Eu te levo. Vou ter de passar por lá, para ir a São Paulo.

O automóvel estava carregado de flores. O cheiro que exalavam fazia cócegas no nariz. Rita sentou-se no banco da frente. Com olhar disfarçado, observava o jeito do japonês. A expressão sóbria do rosto, pouco enrugado apesar da idade; o braço curto, manejando a alavanca do câmbio com agilidade. Procurava no velho traços do neto. O que havia de parecido entre eles? Quase nada, com exceção dos olhos puxados. Queria perguntar de Yukio. Se ele havia escrito para a família. Mas não teve coragem.

    Takahashi também ficou calado durante o trajeto. Só falou ao estacionar, no centro de Mogi.

    – Vou ao Ceasa todas as manhãs, neste horário, e passo sempre por aqui. Se você quiser, pode vir comigo todos os dias.

    Rita sorriu, agradeceu e já ia saltando quando ele tornou a chamá-la. Esticou a mão para trás do assento e, do meio de tantos, arrancou um crisântemo amarelo.

    – É pra você – ofereceu. – Boa sorte no seu primeiro dia de aula!

17

Festival de teatro

Rita prendeu a flor ao lado do rosto, passando a haste por detrás da orelha. Olhou-se refletida na vidraça de um edifício e não gostou. O amarelo das pétalas não contrastava com o loiro dos cabelos.

Onde guardá-la, então? Como evitar que se esfacelasse? Talvez ficasse segura na espiral do caderno, mas perderia as folhas do cabo. Melhor mesmo seria carregá-la na mão, com cuidado, com carinho, como se fosse presente de Yukio.

Satisfeita com a ilusão, atravessou a praça do Carmo. Que bonita era a igreja colonial, bem à frente! O prédio antigo do teatro municipal formando um dos quadriláteros. As ruas do centro ainda tranquilas. Comércio fechado, pouco trânsito, a cidade parecia espreguiçar no início de mais uma segunda-feira. Seis e vinte e cinco. Muito cedo para as aulas. Nenhum movimento à frente do colégio. Rita sentou-se no para-lama de um automóvel, parado junto ao meio-fio.

"Nem abriram o portão", lamentou. Mas, pensando bem: "Melhor assim, vou vendo quem chega".

Viu nada! Ficou é girando o crisântemo entre os dedos, os olhos fixos no centro da flor, como se uma força magnética os atraísse.

Se havia sido onda de sono, não saberia dizer. Mas durante algum tempo não pensou, não escutou, não percebeu a agitação que se formava à sua volta. Jovens e mais jovens surgiam a pé de uma esquina, de outra. Pais traziam filhos. Professores entravam com seus carros no estacionamento.

E Rita lá, parecendo hipnotizada, a jaqueta abotoada em desalinho. Algumas pessoas notaram, achando estranho. Duas garotas riram. Um rapaz teve vontade de se aproximar, de tirá-la do transe. Foi quando soou a campainha e ela despertou. Balançou a cabeça, levantou o rosto. Uma energia de felicidade percorreu seu corpo. O rapaz lhe sorria. Sem atinar, devolveu-lhe o sorriso. O que acontecia, afinal? Ah, sim, estava na escola, deveria entrar naquele momento.

Abraçada ao caderno, ao crisântemo, foi para o pátio à procura de seu nome na lista, sem pressa, sem ansiedade, num estado de paz que ela própria estranhava. Sempre se havia imaginado, naquele dia, chegando ali nervosa, envergonhada, meio com medo. Não que estivesse totalmente desinibida e confiante agora. Mas nada lhe causava insegurança. Nem o olhar persistente de André – o rapaz do sorriso –, que a acompanhava de longe, curioso, pensativo.

Rita fingia não perceber, embora também sentisse curiosidade. Aquele não era um olhar enamorado, muito menos de atração física. Havia algo de afeição, de reconhecimento. Não do rosto, da fisionomia, e sim da alma.

Entre um lance de escada e outro, desencontraram-se. Ele dobrou à esquerda. Ela subiu, caminhando serenamente. Observava o vaivém nos corredores. Grupos de estudantes totalmente entrosados: alunos de séries mais adiantadas, com certeza. Alguns bem vestidos. Muita gente simples, também. Na classe dela é que ninguém se conhecia. Quase todos os lugares ocupados. Uma inibição geral pairava no ar. Corpos irrequietos nas carteiras. Espiadas curiosas partindo e vindo de todas as direções. Ao atravessar o vão da porta, Rita sentiu-se engolida pelos olhos da maioria.

"Nossa, por que será que estou chamando tanta atenção?" Mas não se acanhou. Foi direto para o fundo ocupar uma das poucas vagas ainda restantes.

Em seguida, entrou a professora, dando boas-vindas e explicações sobre o projeto pedagógico, as normas do colégio, os métodos de avaliação. Depois, veio outro professor. E assim continuou a manhã, com toda aquela disposição que as pessoas têm quando iniciam uma nova jornada.

O dia já esquentava do lado de fora. E lá dentro ainda mais. Um raio de sol, atravessando a janela, batia em cheio no canto onde Rita estava sentada. Só então ela percebeu que tinha fechado torta a jaqueta. Desabotoou-a no mesmo instante. Fez menção de tirá-la, mas reparou a camiseta do avesso. Em vez de vergonha, preferiu passar calor. Pelo menos até a hora do intervalo.

Já em casa, a garota ria do fato, com a mãe e Felícia.

– E ninguém notou? – perguntou Tereza.

— A camiseta do avesso, não. Mas acho que era por causa da jaqueta torta que todo mundo me olhava.

— E você crente que estava abafando, hein! — brincou a patroa.

Pelo jeito, não era só Rita que se atrapalhava com a roupa na hora de ir para o colégio. André também, de vez em quando, aparecia bem relaxado, com camisetas velhas e furadas, tênis sujos e desamarrados. Nada disso, no entanto, escondia a beleza do rapaz. Pele clara, rosto fino e nariz alongado. Olhos e cabelos bem escuros.

Rita o achava atraente. Menos porque era bonito do que pelo jeito descontraído de ser. Tinha um sorriso aberto, franco. Cara de gente boa, confiável, de bom coração.

O interesse entre eles continuava. Assim, meio de longe. Tanto é que, mesmo depois de um mês, ainda não haviam conversado.

Numa determinada manhã, foi no final de abril, apareceu um cartaz no quadro de avisos da escola. Dizia o seguinte:

I FESTIVAL INTERCOLEGIAL DE TEATRO
Organize seu grupo e participe.
Promoção: Secretaria de Cultura de Mogi das Cruzes

Rita e André encontraram-se diante dele.

18

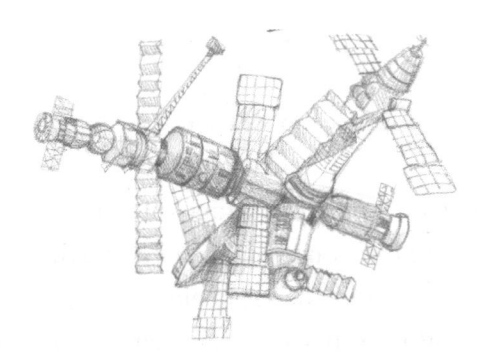

Feito uma nave espacial

O domingo amanheceu nevoento. Mas dali a pouco a neblina se dissipou e surgiu um dia lindo, iluminado, quase de verão. A primeira coisa que Rita pensou, ao acordar, foi em Toninha. Há quanto tempo não ia visitá-la!

"Na certa, está pensando que fiz muitas amizades na cidade e que me esqueci dela".

Isso não se faz com uma amiga. Se Toninha imaginou assim, imaginou errado. Até aquela data, Rita só tinha um amigo novo na escola, André, que nem era da mesma sala que ela. A primeira vez que se falaram tinha sido em frente ao cartaz do festival de teatro.

Ele estava entusiasmado naquele dia. Havia sugerido que formassem um grupo, para ensaiar.

– Você tem jeito de atriz – disse.

Rita se encabulou.

– Ora, eu? Imagine!

– Imagino, sim. Te observo muito, sabia?

Ela confirmou com um aceno de cabeça. O rapaz continuou:

— Seu rosto muda de expressão o tempo inteiro. Tem horas que você está séria, de cara amarrada, meio antipática até. Dali a pouco, abre um sorriso de deixar qualquer um de quatro. Seus olhos, então, às vezes ficam tristes e, em outros momentos, nem parecem deste mundo, de tanto que olham prum certo ponto, sem enxergar mais nada em volta. Como no dia em que eu te vi pela primeira vez.

Rita lembrou-se dos olhos de Yukio. Será que, sem perceber, tinha aprendido a olhar como ele?

— Tá vendo? — completou André. — Agora você viajou de novo, igualzinho àquele dia.

Se o rapaz tinha visto tudo isso em Rita, entre os demais alunos, ela havia criado fama de pessoa fechada, distante. Ninguém conseguia descobrir o segredo da garota de olhos azuis impenetráveis, que nas segundas-feiras aparecia com um crisântemo amarelo nas mãos. Talvez fosse porque a mente dela vivesse mesmo longe, no outro lado do mundo, e a flor que o velho Takahashi lhe dava todas as semanas a impedisse de voltar. Quantas vezes havia deixado de dar atenção aos colegas ou de se interessar pela aula para escrever cartas longas ao namorado.

Yukio,

Estou que não aguento mais de tanto comer caqui. Nesta época, a fruta dá em tudo quanto é canto de Sabaúna. Na Chácara do Cipó, na fazenda dos espanhóis, no sítio da dona Emília e até na sua casa. Claro, você deve se lembrar! É um tal de vizinho trocar caqui com vizinho, que não acaba mais. Tem de tudo quanto é tipo: mole, duro, chocolate, coração-de-boi e um outro, com nome japonês, que eu não lembro.

Apesar do outono, ainda faz calor. Acho bom, posso pegar mais vezes a cachoeira. Se bem que, depois que as aulas começaram, só tenho tempo de ir lá aos finais de semana. Sempre olho pro sol, na hora em que ele está se pondo, e penso em você. Nessas horas, sinto que estamos perto um do outro. É uma coisa gozada, não dá pra explicar direito. Em todo caso, vou tentar:

Fico acompanhando a última claridade do dia, atrás das montanhas, e quando ela vai embora é como se eu fosse junto. Aí, começo a ver o Japão. Não em sonho, igual ao daquela noite que eu te contei. É acordada mesmo, acredite.

Primeiro, vejo de cima. Aquelas ilhas feito manchas marrons, esparramadas pelo vento no mar. Parece até que estou no espaço, dentro de uma nave, que nem a que apareceu outro dia na televisão. Os astronautas deram a volta na Terra filmando tudo. Demais, você precisava ter visto, foi incrível! Reconheci um monte de países. Só que, quando eles passaram por cima do Japão, estava tudo cheio de nuvens. Foi uma pena. Mas não tem problema, porque eu o vejo na minha imaginação, como quem olha num mapa ao vivo.

Depois, a imagem vai se fechando, se aproximando, e só dá pra enxergar Tóquio. Sabe aquele movimento de zoom de uma câmera, que você me dizia? Pois então, é assim que acontece. E, no momento seguinte, estou aí do seu lado. Aí a gente passeia de mãos dadas.

É por isso que eu gosto tanto de ir ao Saci. A maioria das vezes, vou sozinha. Mas, neste domingo, levei Toninha comigo. Fazia tempo que a gente não conversava. Acho que ela estava mesmo precisando se distrair. Teve de largar a escola. Vai prestar concurso na prefeitura de Biritiba-Mirim. O pai quer que ela trabalhe. Sabe, né, como eles são pobres. E não têm uma dona Felícia que ajude.

Se dependesse da vontade dela, acho que continuava estudando. Digo acho, porque Toninha se abre muito pouco. Não reclama de nada nem diz se está infeliz. Vai fazendo tudo que os pais mandam e deixa o barco rolar, com aquele sorriso pendurado no rosto, que a gente nunca sabe se é de alegria ou de bobeira mesmo. Desconfio que ela tem a cabeça fraca. Sempre tirou notas baixas. É chato dizer, mas fico morrendo de dó. Gosto tanto dela. E prometi a mim mesma que, se eu puder, ela jamais vai passar necessidade.

Bem, Yukio, tenho de ir parando por aqui. A professora já está me olhando demais. Deve estar percebendo que eu não estou ligada na aula.

Um beijo de quem te ama muito.

Rita.

Ah, sabe o que eu percebi? Que o crisântemo amarelo é parecido com o sol.

Para Toninha, a garota não havia falado da promessa de ajudá-la na vida. E, para Yukio, não tinha contado nada a respeito da ideia de fazer teatro. Comentou sobre André apenas com a amiga. As duas estavam na cachoeira, naquele domingo de manhã.

– Você tem de ver que cara legal! – dizia Rita. – Bonito, inteligente, gosta de música. Falou que toca guitarra e que tem um amigo que toca teclado. Estão a fim de montar um conjunto. Mas antes vai procurar um texto bem legal pra gente encenar. Será que eu topo participar do festival?

– Topa sim, topa sim – incentivava Toninha, sentada na bacia de pedras, as mãos batendo na água com alegria.

– Não sei se eu tenho talento.

– Tem sim, tem sim.

19

Creio em mim

Não só André e Toninha achavam que Rita tinha talento. Felícia e a mãe, também. Mas opinião de mãe, nesses casos, não conta. Para elas, os filhos são sempre maravilhosos. Tereza não era diferente. Era corujona. Desconfiava que a filha pudesse ter herdado seus dons artísticos.

– A arte está no sangue, a gente nasce com ela – dizia.
– Se eu cantava, você pode muito bem ser atriz. Atriz que cante e dance, como deve ser...
– Calma aí. É só um trabalho amador – interrompeu Rita.
– Não precisa de tanta coisa, não.
– É assim que se começa. Depois vira profissional. Você é bonita, jovem e o que é melhor: livre. Não tem ninguém pra te impedir. Aproveita, filha! Ah, como me arrependo de não ter lutado pela minha carreira! Poderia ser famosa hoje. Já imaginou?

Rita havia imaginado, sim. Não Tereza, mas a si própria como artista. E só agora se dava conta disso. Relembrava as tardes passadas na companhia de Yukio: os casos que contava para a câmera que ele fingia ter nas mãos; o sonho com o painel eletrônico de Tóquio; os modelos dos comerciais de xampu. Simples devaneios começavam a alçar voo na mente, no coração da garota. Meras fantasias, que ela ainda relutava em considerar. Tereza, no entanto, idealizava o futuro. Projetava na filha sua eterna ambição.

– Já estou até te vendo na tevê. Na novela das sete, não. Acho melhor na das oito. É sempre mais emocionante. E aí, a gente vai ter de morar no Rio, né? Porque não vai dar pra ficar indo e voltando, nessa tal de ponte aérea. Todos os artistas reclamam dessa vida. Já li isso numa revista. A não ser que você esteja fazendo um espetáculo em São Paulo, no período das gravações. Dizem que vale a pena o sacrifício. Mas, de qualquer maneira, pra morar, prefiro mesmo o Rio. Aliás, sempre preferi. Quando o seu pai estava pra ser promovido...

– Para com isso – censurou a filha. – Você está delirando.

– É claro que sua mãe está delirando – interferiu Felícia, sorrindo.

As três tinham acabado de jantar. Levantavam-se da mesa, recolhendo a louça. A patroa continuou:

– Mas esse tal de... Como é mesmo o nome do rapaz da escola?

– André.

– Pois é, o André está certo. Seu rosto é muito expressivo. E vou dizer mais, ele pode assumir o aspecto de várias idades – Felícia puxou os cabelos de Rita para trás da nuca. – Veja só como você parece mais velha agora. Ou desse jeito então – ela havia feito um rabo de cavalo no alto da cabeça. – Fica igual a uma menininha.

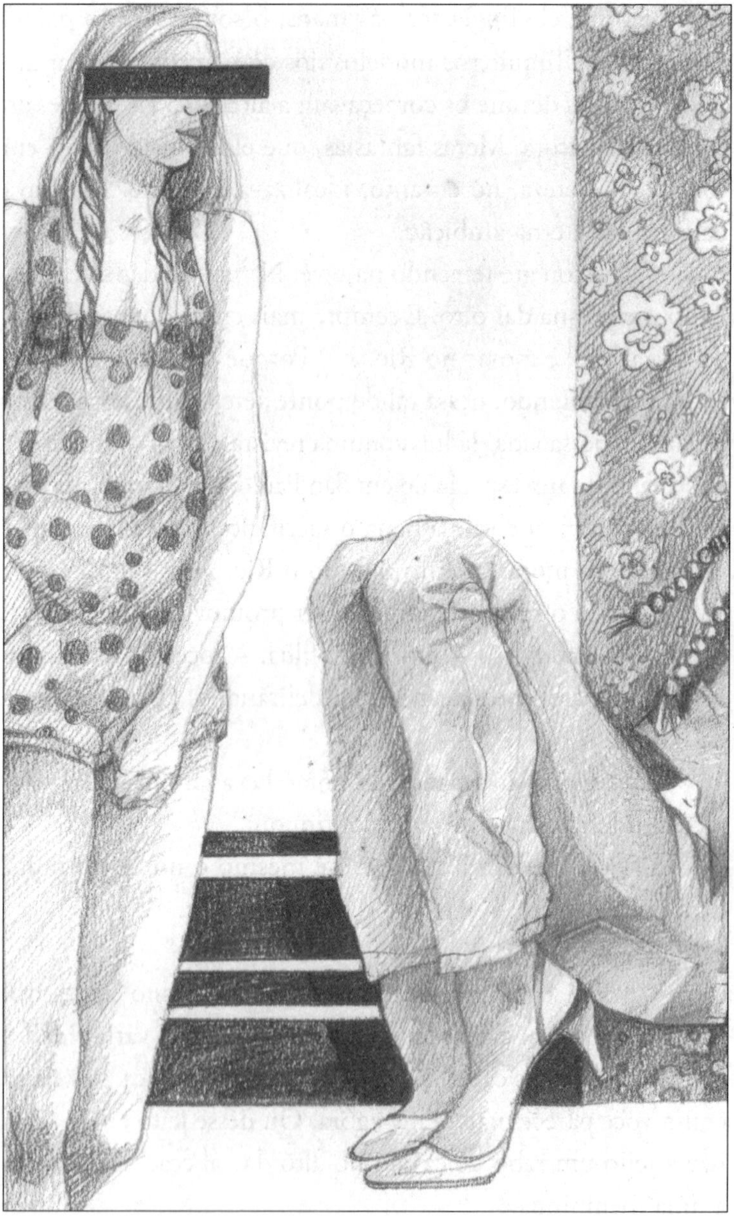

A garota olhava-se refletida no fundo de uma travessa de aço inoxidável. Sentia-se mais adulta ou mais infantil, triste ou alegre, nervosa ou descontraída... Ia criando personagens na cabeça, cenários à sua volta.

– Vocês acham que eu devo participar?

– Mas é lógico que deve – rebateu a mãe. – Eu mesma vou costurar suas roupas. Bem que vocês podiam encenar uma história de época. Adoro vestidos antigos.

– Pode ser uma boa experiência – opinou a patroa. – Uma oportunidade de se testar. Depois você reflete se quer seguir a profissão. Mas não pense que é tão fácil como Tereza parece crer. O caminho é longo e perigoso. Requer muito estudo também. Além disso, a concorrência é grande, as oportunidades são poucas. E uma peça de teatro em Mogi não dá projeção nenhuma. Quem é que vem aqui descobrir talentos? Ninguém!

– Nossa! Desse jeito eu desisto logo.

– Oh, desculpe, Rita. Não quis ser pessimista. Apenas estava tentando te mostrar a realidade.

Felícia preocupava-se com as ilusões que Tereza tentaria enfiar na cabeça da filha. Sabia que o sonho de ser atriz, ou simplesmente modelo, levava muitas garotas para o mundo da prostituição. Quantas arapucas eram armadas por falsos empresários e diretores! Havia lido no jornal a história de um professor que aliciava menores para fazer filmes pornográficos. Gostava demais de Rita, conhecia a ingenuidade dela, para deixar de alertá-la sobre os riscos que corria.

Tanto falatório por causa de um simples festival entre colégios. Era isso que Rita estava achando de toda aquela conversa.

Silenciou. Não fantasiava feito a mãe, nem acreditava que fosse tão difícil trabalhar em teatro, como a patroa tinha dito. "Deixa rolar", pensou.

Ela já estava no quarto depois do banho. Tinha de estudar, mas não se concentrava no material da escola, espalhado sobre a cama. Volta e meia, o olhar era atraído pelo crisântemo amarelo no vaso, em cima do criado-mudo. Pareciam vir dele as respostas que procurava.

"Se quer ser atriz, acredite em você e siga em frente. Trate de fazer bem o seu papel nessa peça e deixe pra se preocupar com o futuro depois. Vá mais pela cabeça de Felícia, ela está certa."

A garota relaxou um pouco e terminou os afazeres de casa. Tereza havia parado a costura e veio se deitar. Felícia tinha acabado de desligar a televisão e se recolhia. Logo a casa toda ficou em silêncio, no escuro.

Rita, no entanto, não conseguia dormir. Levantou-se e, sem acender a luz de cabeceira, saiu do quarto tateando os móveis. Por mais que tentasse, era impossível esquecer as palavras da mãe. Imaginava-se mesmo uma atriz, que cantava e dançava. Via-se no *set* de gravação, cercada de outros atores, de *cameramen*, de contrarregras.

Muitas ainda foram as imagens que desfilaram na cabeça da garota: números musicais, cenas de comédia, filmes de horror, daqueles a que assistia sentada no sofá da sala, numa mistura de prazer e medo. Medo de sonhar alto e despencar; de se iludir e não realizar. Balançou a cabeça, querendo afastar os pensamentos. Ia ficando tarde sem que o sono chegasse. Quis ver o crisântemo novamente, mas teve receio de acordar a mãe. Foi quando resolveu ler alguma coisa. Quem sabe ajudasse a sair da crise?

No corredor, ficava a estante com os livros de Felícia. Rita percorria com os olhos as lombadas, até que um título chamou sua atenção. *A hora da estrela*, Clarice Lispector. Já o tinha visto antes. Que estrela seria aquela? Do céu? Ou dos palcos?

O texto era difícil, meio árido, ela quase não entendia. Mesmo assim, continuou. Logo nas primeiras páginas, encontrou uma frase, um parágrafo inteiro, que parecia dizer tudo que precisava escutar.

Um meio de obter é não procurar, um meio de ter é o de não pedir e somente acreditar que o silêncio que eu creio em mim é resposta a meu – meu mistério.

20

Anjo da guarda

Hora do intervalo na escola. Carregando um livro grosso, pesado, André rodou o pátio inteiro à procura de Rita. No vaivém de centenas de alunos, ela não estava em lugar nenhum. Onde haveria se metido? Provavelmente em algum canto isolado. Só podia ser, pois era segunda-feira, dia de ganhar crisântemo do velho Takahashi.

— Ei, vocês viram Rita? — perguntou a duas garotas da mesma classe que ela.

— Ficou sozinha, lá na sala — respondeu uma delas.

O rapaz correu na direção do prédio.

A outra, acompanhando-o com o olhar, comentou:

— Esse cara é gato, não é?

— É, mas pelo jeito já está interessado em alguém.

— Pela boboca da Rita. Que menina estranha! Você não acha?... Tá sempre agarrada com aquela flor, parece até que conversa com ela. Já reparou?

— Já.

– Que será que ela tem pro André ficar tão interessado?
– É bonita.
– Mas tão breguinha, coitada! Acho que os rapazes não têm gosto mesmo.

Empolgada com a leitura de *A hora da estrela*, Rita não quis descer para o lanche. Nem percebeu quando o rapaz entrou na classe. Tinha-se apaixonado pela história de Macabéa – a nordestina datilógrafa numa cidade grande do Sul – e não largava mais o livro. Abria-o onde pudesse: no furgão do japonês, em frente ao colégio, esperando o sinal de entrar, e até no meio de alguma aula enfadonha.

Comparava a personagem com Toninha. Aquele jeito meio idiota de ser da amiga parecia se encaixar direitinho em algumas descrições da autora. Como esta, por exemplo: *só vagamente tomava conhecimento da espécie de ausência que tinha em si mesma. Se fosse criatura que se exprimisse diria: o mundo é fora de mim, eu sou fora de mim*.

Macabéa também era ela própria, em muitas situações. Acreditava em anjo e, porque acreditava, eles existiam. Rita acreditava em anjo. Um deles (o seu anjo da guarda) morava no crisântemo amarelo, servindo naquele dia como marcador de páginas. Igual a Macabéa, não sabia que meditava, pois não sabia o que queria dizer a palavra. Porém, meditava olhando para a flor e, sem que soubesse, aprendia que o mundo estava dentro de si. Lá no íntimo, onde deveria buscar força para lutar pelo que quisesse.

Vendo-a tão absorvida, André não quis interromper. Ficou na porta, sorrindo, admirando aquela capacidade de concentração. Rita, no entanto, como que atraída pelos olhos dele, ergueu o rosto.

— Oi, faz tempo que você está aí? — perguntou.

— Não, acabei de chegar — ele mentiu, para não a constranger, e se aproximou. — Encontrei um texto lindo pra gente representar.

A garota olhou para o volume que o rapaz trazia nas mãos. Tentou ler o nome do autor:

— William Sha... kes... pe...

— Shakespeare — pronunciou André. — *Sonho de uma noite de verão*. É uma mistura de comédia com conto de fada, tenho certeza de que você vai gostar.

— Já leu todo?

— Claro, e escolhi uma personagem pra você. Uma, não, duas: Titânia e Hipólita... Como a rainha das fadas e a das amazonas nunca aparecem juntas, você pode representar as duas. E eu faço Oberon, rei dos elfos, e também Teseu, príncipe de Atenas.

21

Como se fosse irmão

Duas heroínas, dois heróis. Duas vezes Rita e André estariam casados em cena. Foi Felícia quem se lembrou disso, quando soube da peça que eles iriam montar. Conhecia bem a comédia de Shakespeare e alertou a garota:

— Esse rapaz deve gostar muito de você.

— Eu também gosto dele, é uma ótima pessoa, um grande amigo.

— Amigo? — ironizou a patroa.

Rita corou. Nunca havia pensado que André pudesse sentir por ela algo mais do que amizade.

— Que é isso? Eu amo Yukio. Só porque está longe a senhora pensa que eu me esqueci dele?

Felícia é que ficou sem graça.

— Desculpa, esquece o que eu disse. É que, mesmo sem conhecer, já gosto tanto do André. Que texto lindo ele escolheu — acrescentou, indo até a estante. E no momento seguinte estava de volta. — Neste dicionário você vai encontrar informações sobre amazonas, fadas, elfos... Pode servir para alguma coisa.

Rita, então, entrou numa fase de luta contra o tempo, tantos eram os afazeres dali para frente. Estudar as matérias do colégio e, ainda por cima, mergulhar fundo no texto de Shakespeare, decorar suas falas na peça, participar da produção do espetáculo, ensaiar, trabalhar na casa da patroa.

Tereza condoía-se vendo o esforço da garota. Resolveu ajudar. Havia esquecido até a vontade de arranjar marido. Ganhava melhor agora. Estava costurando até para Mogi das Cruzes. Tinha voltado à cidade para oferecer seus serviços. Não demorou muito e conseguiu várias freguesas. O sonho de fazer da filha uma atriz dava-lhe ânimo para trabalhar. Passou a substituí-la no serviço doméstico. Felícia não se importou. Colaborou.

— Se você concordar — sugeriu a Tereza —, eu chamo a mulher do caseiro pra cuidar da faxina. Pago a ela em vez de pagar a Rita. Vocês não estão mais precisando.

— Graças a Deus, agora eu posso arcar com as despesas da minha menina. E até ajudar no supermercado, dona Felícia.

— Ora! Eu não quis...

— Eu sei... eu sei... Mas faço questão.

As relações iam-se transformando dentro daquela casa. Não havia mais patroa e empregada, mas sim duas mulheres cada dia mais amigas, dividindo os problemas da vida, de sobrevivência num país sempre em crise, torcendo unidas pelo sucesso de uma adolescente.

Tereza fazia as roupas de Hipólita, de Titânia e do elenco todo. Felícia ofereceu a chácara para os ensaios. E a varanda da casa virou o palácio de Atenas, improvisado. Os jardins, o bosque encantado povoado de fadas e elfos.

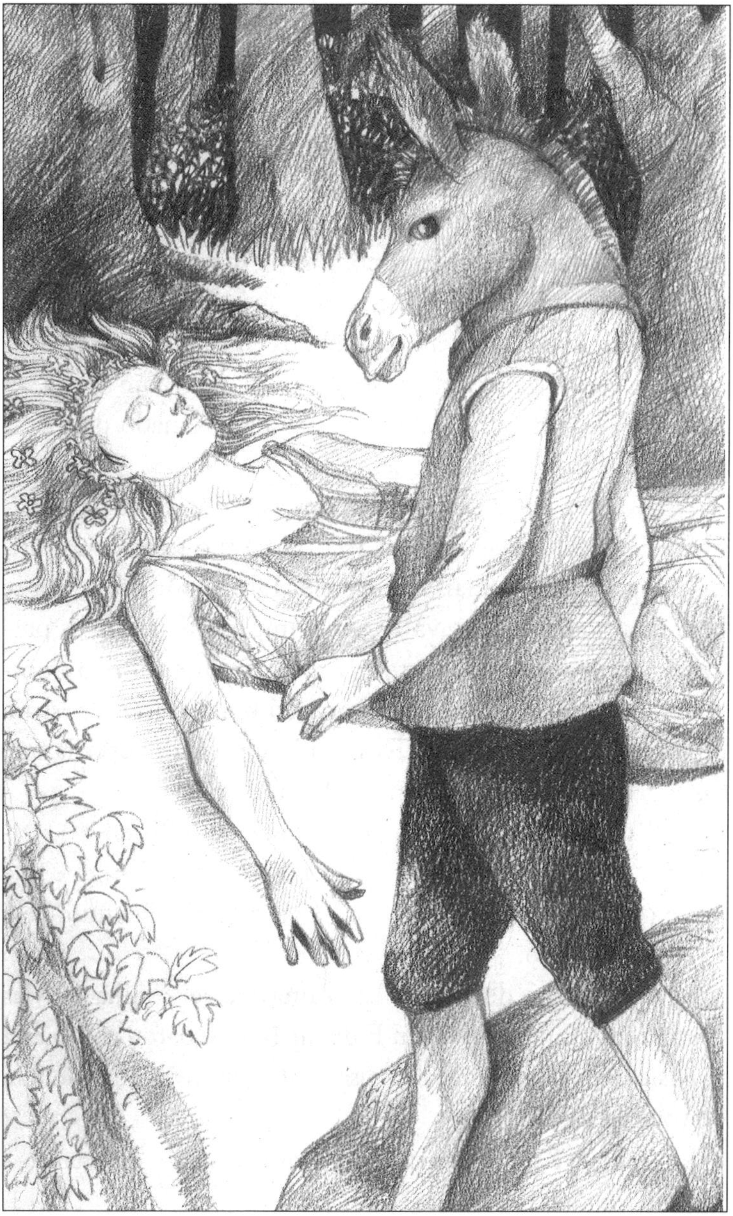

Dezesseis jovens reuniam-se no Cipó, nos fins de semana. Interpretavam *Sonho de uma noite de verão* em dias frios e iluminados de outono. André dirigia e representava. Tinha porte e carisma o rapaz. Era viril no papel de Teseu; encantador, na pele de Oberon.

Rita não ficava atrás. Alternava no rosto as expressões de malícia, da rainha das fadas, com as de bravura, da amazona valente. Tornava-se altiva, feito noiva de herói grego, e ardilosa, como a esposa ciumenta do rei dos elfos.

As outras garotas do grupo ficavam meio com inveja. E, pelo que imaginavam, o diretor estaria apaixonado pela atriz principal. Mas enganavam-se.

André parecia desligado desses assuntos do coração. Tinha paixão, sim, mas era pela arte: adorava o teatro e a música. Ninguém ali lia mais do que ele. Talvez, por isso, dava-se bem com Felícia. Trocava com ela impressões sobre as personagens, sobre outros textos de Shakespeare, sobre o significado dos mitos. A italiana, maternal por natureza, gostava de jovens inteligentes. Se tivesse tido um filho, gostaria que fosse gentil e educado, como o André.

Rita ficava feliz com aquele entrosamento. Tornava o amigo mais íntimo da família, fazia dele um irmão. Tereza é que não enxergava dessa maneira. Estava mais era de olho num belo e talentoso genro.

– Eu gosto de Yukio – costumava dizer à filha. – Mas André tem muito mais a ver. É um artista. Reparou como está te ensinando um monte de coisas? Se ficarem juntos, ele fará de você uma estrela.

– Ih – Rita se irritava com esse tipo de conversa. – Vamos mudar de assunto?

Noite de Santo Antônio

Quando Rita mudava de assunto, era para falar de Yukio, para expressar a saudade que sentia. Que bom se ele estivesse ali, acompanhando a montagem da peça! Na certa iria querer gravar tudo.

Aí, quem desconversava era Tereza. Achava que a distância e o tempo iriam acabar com aquele namoro. Felícia é que não se arriscava a pensar assim. Só de ver o apego da garota com o crisântemo amarelo, recusava-se a emitir qualquer espécie de opinião.

Rita continuava mesmo naquela intimidade com a flor. De manhã, de tarde, de noite, entre uma tarefa e outra, entre um pensamento prático e outro, conversava com ela, fazia pedidos, confessava medos e desejos. Havia muito o crisântemo deixara de ser apenas uma lembrança do namorado. Tinha-se transformado aos poucos num objeto de sorte. De talismã vivo que, ao morrer, levava consigo as tristezas. E renovava esperanças, quando substituído.

Toninha era a única pessoa que conhecia esse segredo. Só a ela Rita falava da confusão de sentimentos que tinha se armado em seu coração, justo naquela noite de Santo Antônio, véspera de Dia dos Namorados. Enquanto todas as garotas faziam simpatias de amor, ela e a amiga pareciam nem ligar para a festa.

Felícia havia mandado o caseiro acender a fogueira perto do lago. Tereza tinha feito doce de abóbora, pé de moleque, canjica, pipoca, quentão. E a turma do teatro foi chegando com bebidas, discos, bandeirinhas de papel. Só o André ainda não estava lá. A Chácara do Cipó ficou alegre e colorida!

– Eta arraiá bom demais, sô! – disse a patroa, imitando a fala caipira.

Muitas pessoas se movimentavam na rampa gramada. Umas comiam, outras bebiam, várias dançavam. Alguém soltava fogos, enchendo de brilhos o ar. Um grupo brincava de pular a fogueira. Tereza punha batata-doce para assar na brasa.

Rita e Toninha é que não se divertiam. Sentadas numa pedra sob o pinheiro velho, conversavam. Ou melhor, uma falava, a outra escutava.

– Não sei, não, minha amiga! Segurar essa barra de ter namorado longe é mais difícil do que eu imaginava. Hoje, por exemplo, todos os casais trocando presentes, carinhos, e eu aqui, com a cabeça no outro lado do mundo. Será que no Japão tem dia de Santo Antônio?

Toninha encolheu os ombros e suspendeu as sobrancelhas, como quem diz que não sabia.

– Pois é – continuou Rita. – Vai ver, Yukio nem lembra que amanhã é Dia dos Namorados. Sabe, acho que ele anda meio pirado com os estudos de computador. Só fala disso nas cartas. Quer ver a última que ele me mandou? Tá aqui no meu bolso, trouxe só pra te mostrar.

Começou a ler:

Rita,

Você não acredita quanta coisa venho aprendendo! A começar pelo idioma. Agora entendo melhor o que o povo daqui fala e estou até escrevendo um pouco. Estudo inglês também, porque muitos softwares só compreendem essa língua.

Mas, para programar o computador, é preciso conhecer outras linguagens. São uns códigos que a gente usa para criar os próprios programas. Sobre essas ainda não sei muita coisa. Também,

né, faz pouco tempo que comecei a estudar. Em compensação, já estou craque em sistemas operacionais.

Puxa, que maravilha é a tecnologia! Vivo fascinado. A única coisa que anda me chateando é o preconceito que tenho de enfrentar. Pois é, continua. Tem gente que chega pra mim e diz que pra aprender essas coisas eu não precisava vir pro Japão. Pode até ser, mas tudo neste país é mais avançado, não tem nem comparação. E, quando eu voltar, quero estar na frente.

Bem, por hoje é só. Já está dando a hora de eu ir pra aula e ainda tenho de passar no correio pra pôr esta carta.

Yukio

Quando a amiga terminou, Toninha olhava para o fogo, impassível.

– Não entendi nada – disse, sem alterar a fisionomia.

Rita poderia dizer o mesmo, se não sentisse frieza naquelas linhas, se não percebesse o distanciamento do namorado.

– O que eu entendi é que Yukio está se esquecendo do nosso amor. Você sacou? Nenhuma palavra de carinho, de saudade. Nem da cachoeira do Saci ele pergunta!

O tom era de lamento. Lágrimas já caíam dos olhos dela quando o ronco de uma motocicleta soou na porteira. André chegava na garupa de um rapaz que ninguém conhecia.

– Oi, pessoal, este é o Edu – dizia ele, atravessando o gramado.

Lá do alto, Rita viu os dois subindo a rampa. Mais que depressa se levantou. Entrou em casa correndo. Não queria que o amigo a visse chorar.

23

Soco no estômago

Depois de uma noite de sábado tão estrelada, o domingo amanheceu nublado. A vegetação, molhada. Uma chuva forte havia caído antes mesmo de Rita e Toninha acordarem. A amiga não tinha ido para casa na véspera.

Depois do café, as duas estavam de volta ao quarto. Debruçadas à janela, olhavam em silêncio para o jardim. Uma enorme mancha preta, líquida, esparramava-se pelo terreiro no lugar onde haviam acendido a fogueira. Gotas coloridas escorriam das bandeirinhas desbotadas pela água. Algumas caídas no chão, dissolvendo-se. O vento gelado sacudia árvores nas montanhas, despetalava rosas no canteiro, embaraçava os cabelos de Rita, indiferente.

Era preciso dizer alguma coisa que espantasse a melancolia. Mas o que diria Toninha, se ela era feito uma esponja a absorver os sentimentos da outra? A única atitude que tomou foi afastar-se da janela. Enrolada num cobertor, sentou-se na cama passeando o olhar a esmo pelo cômodo. Chão de madeira, paredes brancas de reboco fininho. Quadros pendurados. Banheiro conjugado: o brilho dos azulejos entrevisto no vão da porta semiaberta. Um guarda-roupa antigo, de madeira escura pesada, como que simbolizando a solidez e o aconchego de toda casa. Confortos que nem de relance havia sonhado ter um dia.

– Que frio! Fecha esse vidro – pediu.

O pedido, porém, ficou ecoando sem resposta. E os olhos de Toninha repousaram sobre o criado-mudo. Atraída pelo azul e vermelho da capa, pegou o livro deixado ali por Rita. *A hora da estrela*, Clarice Lispector. A dedicatória do autor, folheou-a sem ler. Pulou também o prefácio. Queria saber logo da estrela.

Tudo no mundo começou com um sim...

Frase forte essa primeira. Bateu fundo no peito da leitora, mais acostumada com o não: o não sonhar, o não se expressar, o não querer.

Como quem segue caminho tortuoso, pisando descalça em chão de pedregulhos, Toninha continuou pelo texto. Ia devagar e com medo, agarrando-se nas vírgulas, tropeçando nos pontos. Como era difícil de entender! *Pensar é um ato. Sentir é um fato*. Mexia os lábios, sem se dar conta. Sussurrava para si a fala fluente da escritora. Até que a voz, empurrada pela emoção, libertou-se sonora da garganta.

– *A minha vida, a mais verdadeira é irreconhecível, extremamente interior e não tem uma só palavra que a signifique. Meu coração se esvaziou de todo o desejo e reduz-se ao próprio último ou primeiro pulsar.*

– Toninha! – exclamou Rita, arrepiada, não se sabe se de frio ou de comiseração. Mais certo é que tenha sido pelos dois

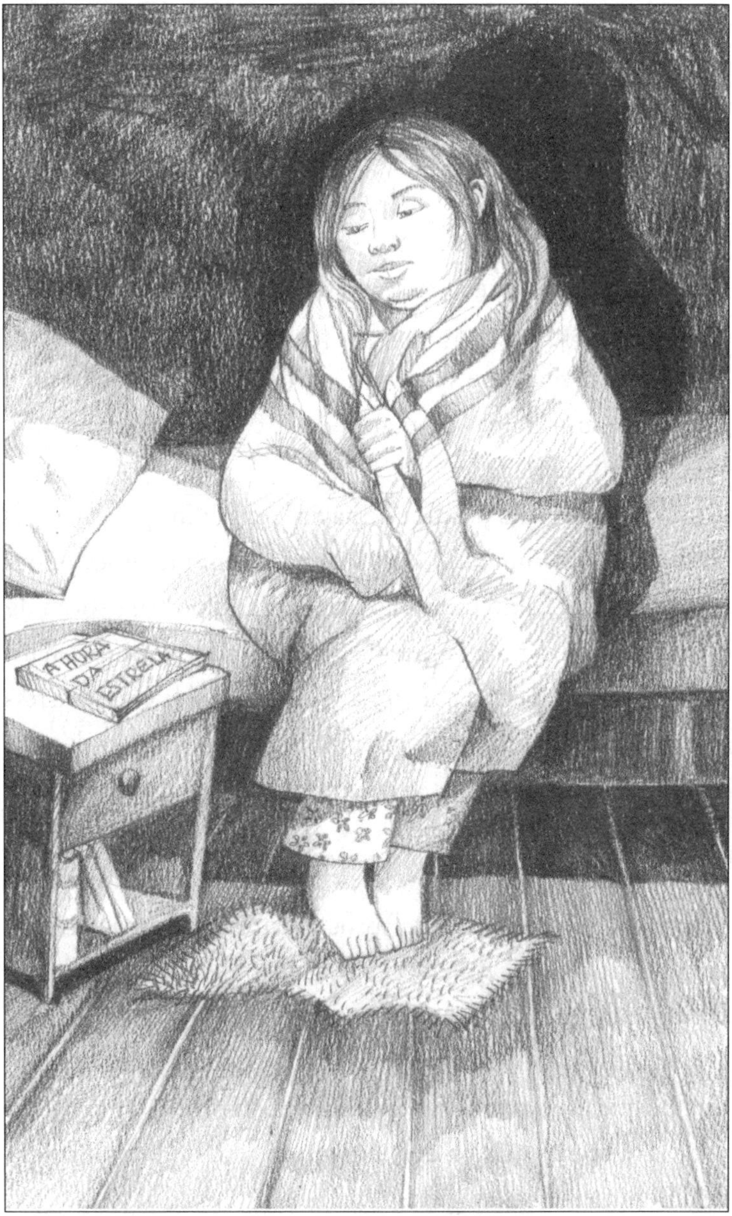
A HORA
DA
ESTRELA

motivos. O ar úmido do ambiente havia dispersado seus pensamentos e o coração se aqueceu de pena da amiga.

Quase arrancou o livro das mãos dela, querendo protegê-la daquela história triste. Mas não. Conteve-se. Hesitou. Será que tinha esse direito? "A vida é um soco no estômago", havia dito Clarice. Melhor, então, seria fechar a janela, calada. Quem sabe Toninha não estaria precisando conhecer Macabéa, e levar um "soco no estômago", para saber que estava viva? Tanto estava viva, que se ajeitou melhor à cabeceira da cama. Liberou-se um pouco da manta de lá e voltou a ler em voz baixa, compenetrada.

Também Rita parece que havia levado uma pancada forte, dada pelo namorado. Mas tinha sido sem intenção. Agora compreendia. Yukio estava apenas lutando por sua "hora da estrela". Deveria fazer o mesmo se não quisesse morrer, feito Macabéa, mal sabendo que tinha vivido. Nada de ofensas e ressentimentos, dizia-lhe o crisântemo ainda viçoso depois de uma semana no vaso. Interprete-nos com amor, pediam-lhe Titânia e Hipólita, criando outra vida fora da peça.

Desde então, a garota cresceu muito como atriz. Se já era boa, ficou ainda melhor. Passou a sentir as personagens pulsando dentro de si. Aprendia a trabalhar a emoção, envolvia-se com a fala de cada uma delas.

André ia pelo mesmo caminho. Tinha cada vez mais certeza de que estava pondo o pé numa profissão.

E as cenas que os dois faziam, fossem de briga, fossem de amor, mereciam elogios.

– *Mas que péssimo encontro!...* – exclamava André, no papel de Oberon.

– *Que azar encontrar este invejoso! Fadas, vamos embora!...* – ordenava a rainha Titânia, na pele de Rita. – *Não quero saber desse senhor. Não fico nem mais um minuto na sua companhia...*

Ou então:

– *Meu Oberon, tive umas visões horríveis! Achei que estava apaixonada por um asno... Que horror! Ele é tão repugnante!*

– *Agora já passou. Tudo isso ficou para trás... Vamos, minha rainha. Vamos andando!...*

– *Sim, meu querido. E, pelo caminho, enquanto voamos, conte-me...*

Momentos tensos, momentos doces eram revividos com bastante intensidade. Os que assistiam aos ensaios chegavam a pensar que os jovens estivessem namorando.

24

Eu te amo

Quando pessoas se juntam, parece até regra, existem sempre aquelas que se preocupam com a vida dos outros. Só porque o Edu vivia assistindo aos ensaios, alguns já se perguntavam o que ele fazia ali.

Corria o boato de que o rapaz procurava jovens para trabalhar na campanha do irmão, candidato a uma vaga na Assembleia Legislativa. Era uma suposição, porque certeza ninguém tinha. O André não esclarecia nada. O Edu, muito menos. Reservado, mantinha um eterno tédio no olhar. Havia quem o achasse pedante, antipático, metido. Fisicamente, não era alto nem baixo, nem gordo nem magro. Fazia o tipo motociclista: jaqueta de couro, botinas pesadas.

Comentava-se ainda que o Edu era filho dos Alhambra: família sírio-libanesa, muito rica, dona de uma indústria de papel.

Rita fingia não ouvir. Para ela, tanto fazia se o rapaz fosse rico ou pobre, feio ou bonito, simpático ou afetado. Também não estava interessada nos motivos que o traziam ali. Era o amigo tecladista do diretor, e pronto. Merecia respeito. Mais ainda o André, tão afetivo com todos. Tão cheio de entusiasmo. Sem ele, não haveria espetáculo. Disso, sim, poderiam estar certos, aqueles tolos!

A garota saiu. Eles estavam na escola, esperando justamente o André. Época de férias, ficava mais fácil se encontrarem lá. E, como não havia atividades mesmo, a diretora tinha permitido usarem o auditório. Até porque precisavam experimentar o palco.

Uma coisa era encenar ao ar livre, com os jardins da chácara inteira para se espalhar. E outra era concentrar as ações em lugares marcados, considerando o ponto de vista da plateia. Como montar palácio e bosque num palco? Efeitos de luz e de som, de que jeito criar?

Mas um palpite aqui, uma opinião ali, e o futuro cenário ia formando-se. Um trazia retalhos de pano de casa, outro, pedaços de madeira. Da chácara de Felícia viriam varas de bambu, ramos de palmeira e o mais que pudesse representar a natureza. Alguns pais estavam ajudando; pegando o carro para buscar isso ou aquilo.

Tudo estaria perfeito se não fosse o clima de fofoca entre o grupo.

– Quanta falação! – suspirou Rita sozinha no pátio.

Estava gostoso ali fora. Depois de uma semana fria e acinzentada, o sol voltava a brilhar generoso. Fraco, mas aquecendo a pele debaixo da malha de lã, desembolorando os pensamentos. Ela sentou-se no chão e se espreguiçou. Repassou na memória o tempo que conhecia o André. De onde vinha a impressão de o já ter visto antes, muito antes? Por que será que gostava tanto dele? E que maneira de gostar seria aquela? Paixão não era. Amor, tampouco. Era o quê, afinal? Gratidão? Talvez!

Que vontade de abraçá-lo bem apertado, passar a mão na testa dele, dar-lhe um beijo no rosto! Não em cena, mas na vida real, no papel da amiga sincera, que lhe dissesse: "Eu te amo".

Um arrepio de contentamento foi o que a garota sentiu. Na verdade, ela estava feliz de conviver com pessoas que pensavam diferente, de se relacionar com aqueles jovens de Mogi, que antes só via no *shopping*.

Era sobre esses fatos que, agora, escrevia para Yukio. Não mencionava mais a cachoeira do Saci, não sobrevoava o Japão dentro de uma nave espacial, nem enviava mensagens pelo sol. Todas as cartas referiam-se a teatro, do começo ao fim, teatro e mais teatro. Principalmente naquele final de junho, quando aconteciam os ensaios gerais, já com as roupas das personagens.

Tereza vinha da chácara ajeitar detalhes no corpo de cada um. Havia recriado rei e rainha, elfos e fadas, artesãos e operários. Existia um pouco de Felícia naquilo, é claro! Com suas pesquisas em livros e enciclopédias, havia conseguido modelos para o figurino.

Às vésperas do início do festival, o nervosismo tomou conta das moradoras do Cipó. Patroa e mãe pareciam as mais ansiosas. A filha apegava-se ao crisântemo, pedindo sorte e merda, como se diz na linguagem teatral.

O Teatro Vasques tinha acabado de passar por uma reforma. Na noite em que Rita pisou num palco pela primeira vez, tudo estava brilhando. As poltronas com pano novo, para receber os convidados. Sem esquecer a comissão julgadora, que, dias depois, daria o prêmio de melhor atriz do festival à garota loira de Sabaúna, pelas interpretações de Hipólita e Titânia, em *Sonho de uma noite de verão*.

Foi num sábado de primavera. Muita gente importante reuniu-se para a entrega dos troféus. Até o prefeito compareceu. No mesmo teatro onde nos meses de agosto e setembro tantas encenações aconteceram.

Como sempre, o Edu estava lá e, dessa vez, havia trazido o irmão: Alberto Alhambra. Fácil de reconhecer. Fotografias dele haviam sido coladas em vários postes da cidade.

25

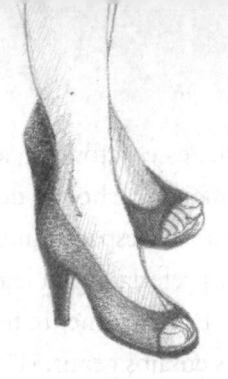

Salto alto

Tereza não cabia em si de contentamento. O rosto inteiro era um só sorriso. Ainda bem que Rita ganhou, porque senão a mãe era capaz de ter tido um colapso nervoso.

À tarde, antes da entrega dos prêmios, ela estava impossível. Insuportável, mesmo. Para se ter uma ideia, basta relembrar a cena que armou com Toninha.

– Você vai desse jeito? – perguntou ao vê-la entrando no Cipó.

Alpargatas, calça *jeans* e camiseta, a garota mirou-se dos pés a cabeça.

– Desse jeito, como? – rebateu, inibida.
– Toda esmolambada!

A filha de Felícia, que tinha vindo de São Paulo especialmente para a ocasião, ficou morrendo de dó.

– Não fale assim, Tereza!

E, virando-se para a amiga de Rita, continuou:

– Sabe que é, Toninha? Hoje é o encerramento do festival. Muita gente vai estar no teatro. Você se importaria se eu te emprestasse uma roupa minha? Tenho um vestido...

— Não vai servir — interrompeu Tereza, impaciente. — Você é alta, Clara.

— Eu sei, mas não custa tentar. Se ficar meio comprido, até é bom. Está na moda.

O vestido não só havia ficado comprido demais — a cintura caía abaixo dos quadris — como também apertado. O zíper, nas costas, não fechava.

— Não disse? — vangloriou-se a costureira. — O corpo dessa menina é todo desengonçado.

A tudo Toninha suportou calada. Quase perdeu o fôlego de tanto contrair o abdômen, tentando entrar na roupa. Mas agora, só de calcinha e sutiã, não resistiu à humilhação.

— Tá bom, se a senhora acha que vou envergonhar sua filha, é melhor eu não ir. Fico aqui, esperando vocês voltarem.

— Nada disso — protestou Rita, entrando no quarto.

Ela e Felícia chegavam naquele instante de Sabaúna. Tinham ido fazer as unhas, arrumar o cabelo. No caminho de volta à chácara, falavam justamente de Toninha.

Que perspectiva teria a garota? Reprovada no concurso da Prefeitura de Biritiba, talvez só lhe sobrasse casamento com um matuto qualquer. Ou um cabo de enxada e vida de boia-fria, feito a dos pais. Pobre criança, filha da subnutrição! Ela era gordinha, diriam uns. Mas de comer errado, de tanto arroz e pouca proteína.

O livro de Clarice, abandonado antes do fim, não havia despertado sua consciência. Se algum efeito houvesse causado na alma, esse, mais do que depressa, havia evaporado. "Fico aqui, esperando vocês". Por mais que doesse, por mais que torcesse pela vitória da amiga, conformava-se tão facilmente.

Rita, contudo, não havia esquecido sua promessa de empurrar a vida de Toninha.

– Nada disso – repetiu. – Você vai com a roupa que tem. E está acabado!

Clara olhou para ela admirada. Que firmeza! No entanto, compreendia a ansiedade e a vaidade da mãe. Deu uma sugestão:

– Tereza, não sobraram aí alguns panos do figurino da peça?

Havia sobrado, sim, um tecido preto do cenário. O semblante da costureira se iluminou. Por que não tinha pensado nisso? Olhou o relógio. Seis horas da tarde. A cerimônia começaria às oito. Indo de carro com Felícia, poderiam sair de casa até às sete e meia.

Uma hora e meia era do que dispunha para fazer um vestido. Quer dizer, um pouco menos. Tinha também de se arrumar.

Corta aqui, cose ali. O motor da máquina de costura trabalhando acelerado. Um modelo simples foi o que saiu. Os retalhos não davam para mais. A parte de cima era praticamente um pano amarrado na nuca e na cintura atrás.

– Frente única, hein! Que *sexy*! – brincou Felícia.

Toninha mal sabia se conduzir. Olhava-se no espelho sem se ver. Vendo outra.

– Por mim, não precisava nada disso!

– Precisar, não precisava. Mas valeu a pena. Você está linda – elogiou Rita. – Só falta ajeitar o cabelo.

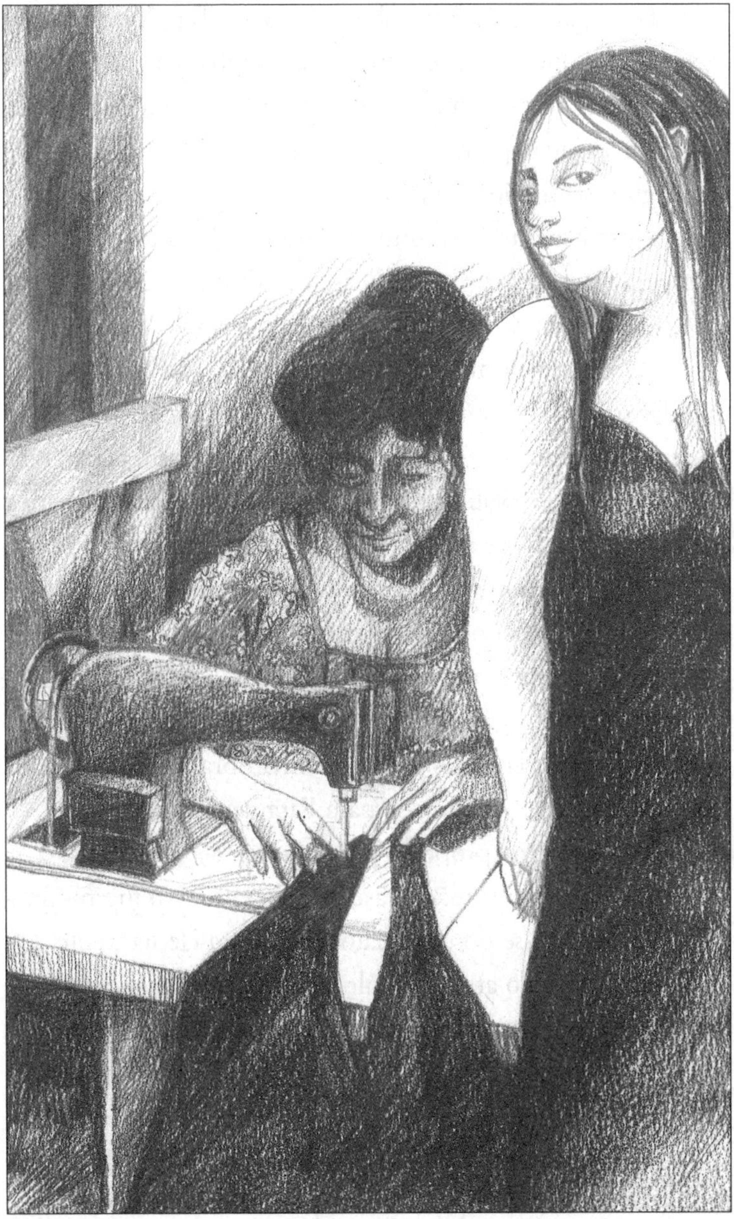

Não era só, faltava também o sapato. Tereza jamais deixaria passar aquela alpargata esgarçada. Problema que resolveu logo; um par dela mesma serviu. Serviu é forma de expressão. Ficou um pouco apertado. Mas fazer o quê? A elegância merece algum sacrifício, afinal.

Nisso acreditava a costureira, de cima do salto sete e meio e enfiada num *tailleur* justo. Nisso acreditou ao confeccionar o vestido branco da filha, todo bordado à mão.

Rita parecia uma debutante no palco, recebendo o prêmio das mãos do secretário da Cultura. Foi aplaudida quando desceu as escadas. Um homem de meia-idade, meio baixo, tentou falar com ela. Não conseguiu. No último degrau, André a esperava para um abraço.

– *Sonho de uma noite de verão* não venceu o festival. Mas você compensou todo o nosso trabalho.

A cerimônia estava encerrada. Tereza, Felícia, Clara e Toninha rodearam a garota. Edu e o irmão também. Com fala melíflua e gestos corteses, Alberto Alhambra convidou todos para um jantar. E, virando-se para Rita, acrescentou:

– Tenho uma proposta para te fazer.

Ao ouvir isso, a mãe quase caiu do salto. No mesmo instante, aproximou-se do candidato e saiu com ele na frente. Os outros vinham logo atrás. Por último ficou Toninha, enroscada no meio do público, os calcanhares latejando dentro do sapato.

Durante o caminho até o restaurante, Tereza monopolizou a atenção de Alberto.

– Você faz bem em contratar Rita – dizia. – Não por ser minha filha... Se bem que eu acho que talento é uma coisa que se herda. Fui cantora, sabia?... Não se lembra? Puxa, mas eu não sou tão mais velha do que você. Sua mãe deve se lembrar. Já cantei numa festa em que ela estava presente. Ah, aqueles tempos, quanta saudade! Bem, mas não sou eu que importa. O importante é minha menina. Ela é ótima, não é? Melhor do que muitas dessas novatas da televisão. Você não acha?...

 Apesar de um pouco constrangidas, Felícia e Clara se entreolhavam consternadas. Quão alto ainda voaria o sonho daquela mãe?

26

O símbolo da campanha

Que idade teria Alberto Alhambra? Não aparentava mais do que trinta e cinco anos. Mas a boa forma dele podia ser que enganasse. Barriga não tinha. A pele do rosto era lisa, quase azul no lugar da barba escanhoada. Apenas em volta dos olhos, negros e vivos, é que se via alguma marca do tempo. Tênues linhas de expressão, que não apareciam nas fotografias.

– Ele é bonito! – comentou Clara, dirigindo o carro na volta de Mogi.

– E muito fino – acrescentou Felícia.

– Só podia ser, com tanto dinheiro! – observou Tereza.

– Por isso não – tornou a falar a Clara. – Tem tanta gente rica e sem classe...

Apesar de não participarem da conversa, as garotas também pensavam no candidato. Rita estava orgulhosa da imposição que havia feito para participar da campanha.

– Só se você contratar a minha amiga também. É ótima digitadora.

Toninha havia entrado em pânico, com o falso elogio. Apesar de já ter feito um curso, ainda "catava milho" no teclado. Mas agora era tarde, o que estava dito estava dito. Tinha aceitado o trabalho. Com medo ou sem medo, o jeito era enfrentar, já na próxima segunda-feira.

De início, ela chorava todos os dias no comitê. Recebia ordens da secretária. Uma senhora idosa, meio rude, que lhe havia ensinado a cadastrar eleitores num programa de computador. Serviço simples, de preencher fichas no monitor. Mas Toninha fazia muito devagar e a mulher se exasperava.

– Não sei por que contratar uma menina como essa! – dizia alto, para quem quisesse ouvir.

Rita é que não ouvia, pois quase nunca estava lá. Trabalhava mais pelas ruas, junto com Edu e André, distribuindo panfletos e adesivos nas esquinas, nas lojas, nos semáforos. Muitas pessoas a reconheciam. Como vencedora do festival, havia aparecido no telejornal da região. Alberto gostava disso. Portanto, valia a pena o sacrifício de aturar a outra no escritório.

– Tenha paciência com Toninha – dizia à secretária.

Ai dela se não tivesse! Rita reclamava. Estava ficando esperta. Já fazia até exigências! Era óbvio que Alberto atendia. Graças a ela, o nome dele havia se popularizado entre os adolescentes que votariam pela primeira vez. E, no meio adulto, a garota também agradava. Chamava a atenção nos comícios eleitorais.

Alguns diziam que aquele carisma era um fenômeno regional. Mas o pessoal da agência de publicidade apostou no talento da garota, que falava em público com um crisântemo amarelo nas mãos. Entre a equipe de produção da campanha, surgiram duas ideias: a primeira era a de que a flor passaria a ser o símbolo da campanha, impressa em faixas, cartazes e volantes, e, a segunda, a de que Rita passaria a viajar com Alberto pelo interior do Estado de São Paulo.

Assim ocorreu. Eles saíam sempre aos fins de semana, acompanhados ainda de Edu e André. Seguiam em caravana com outros políticos, do interior e da capital. Iam de município em município, subindo em palanques, visitando empresas de comunicação, participando de reuniões. Numa delas, Rita viu-se diante do candidato a governador.

De vez em quando, a garota ficava um pouco inibida e cansada. Mas, como o amigo André estava sempre por perto, no final sempre relaxava, apesar das maratonas. Por vezes, faziam três cidades num dia só.

Nas noites de sábado, reunidos em restaurantes de hotéis, avaliavam os resultados alcançados, os efeitos conseguidos, a receptividade das populações. Isso até um certo ponto, porque, depois, Alberto começava a beber uísque e ficava muito divertido. Relembrava incidentes das viagens, debochava de outros candidatos.

– Vocês viram a cara dele quando tomou a vaia. Foi hilariante, não foi? – comentava, caindo na risada.

Nem parecia o mesmo homem sério dos discursos. Virava um adolescente, tanto quanto os três. E não parava de agradecer o trabalho de Rita.

– Você é a minha mascote. Vou ganhar esta eleição e vai ser por sua causa. Um brinde a você, à sua beleza, ao seu talento – dizia, levantando o copo. – Quem me dera ser mais jovem...

Ela ficava sem jeito. Se bem que só um pouco. Logo sorria. O clima entre eles era de total descontração. Até o Edu se soltava nesses momentos. Aquela velha impressão de rapaz fechado e antipático desaparecia de vez. Tinha sempre um comentário engraçado a fazer. Se jantassem num lugar que tivesse música, era o primeiro a ir dançar.

27

Cara de anjo

O tempo ia passando. A campanha, tomando corpo. Chegou a época dos programas políticos de televisão. Alberto só dispunha de trinta segundos. Mas conseguia bastante destaque. Tinha presença no vídeo, além de sobrenome famoso, que ajudava. A marca Alhambra de papéis era conhecida em todo o país.

Nos dias de gravação, o candidato viajava a São Paulo. Numa das vezes, Rita foi junto. A equipe da produtora fez alguns testes com ela. E comprovou: voz ótima, imagem boa.

– Para deputado estadual, vote em Alberto Alhambra. A força jovem na Assembleia Legislativa – dizia a garota, diante da câmera.

E passou uma tarde inteira repetindo a mesma frase. Até que o pessoal resolvesse achar bom.

No princípio, implicaram com o cabelo.

– Está muito armado – disse a diretora de TV. – Toma a tela toda. Acho melhor prender.

Lá veio o cabeleireiro dar jeito. Amarrou um rabo de cavalo. Depois, não sabiam onde colocar o crisântemo.

– A gente põe uma mesa aqui – sugeriu o cenógrafo –, um vaso em cima dela e o crisântemo dentro dele.

– Muita coisa – discordou o assistente. – Desvia a atenção. Prende a flor no cabelo.

– Não dá contraste.

Quem falou foi Rita. Sucedeu um silêncio no estúdio. A diretora meio que não gostou. Petulante, a menina!

– Prende a flor assim mesmo. Quero ver como fica no monitor.

Desaparecia na frente dos cachos loiros.

– Segura a haste com as duas mãos e fica girando enquanto fala. Mais pra baixo um pouco. Não, ainda não está bom – insistia a mulher. – Vamos ter de trocar essa roupa. Amarelo fica bem sobre fundo azul.

Lá correu a produção à procura de uma blusa azul. Aquilo estava virando uma chateação. Alberto era o mais impaciente. Não via a hora de tudo terminar e ir-se embora dali, levando Rita consigo. Estava encantado com ela, que, apesar de cansada, não perdia o humor. Mantinha um brilho alegre nos olhos, deixando-o feliz.

Escurecia na volta, quando, em vez de pegar a estrada, ele tocou para um restaurante. Um dos mais elegantes da cidade.

– Nós vamos comer aqui? – surpreendeu-se a garota, já inibida.

– Você não está com fome?

— Eu nunca entrei num lugar desses! Olha como estou vestida!

Alberto desistiu de estacionar. Rita sentiu um alívio, quando notou que ele entrava num *shopping*. Mas o pensamento do candidato era diferente do da garota, que imaginava fazer um lanche ali mesmo.

— Se o problema é roupa — argumentou ele —, isso é o que não falta aqui.

Difícil dizer o que Rita sentiu. Pensava em recusar a oferta. Mas aquelas vitrinas todas, os modelos sofisticados dentro delas, eram uma tentação. Mesmo assim, arriscou:

— Alberto, você não acha que já me paga muito bem, pra ficar comprando roupas pra mim?

— Ora, é um cachê extra, pela chateação lá no estúdio. Você merece.

Ela continuava dividida entre duas partes que brigavam dentro de si. Uma, humilde e recatada, dizendo não. A outra, mais vaidosa e atrevida, louca para dizer sim. Venceu a primeira.

— Olha, já é tarde. Minha mãe vai ficar preocupada. Vamos voltar logo pra Mogi.

Alberto compreendia o estado de espírito da garota. E sensibilizava-se ainda mais.

— Outro problema de fácil solução. A gente liga pra chácara, e pronto. Sem chance pra você! — ironizou, com um sorriso simpático.

A primeira peça que Rita provou não parecia confortável. Ela caminhava tensa dentro da roupa. O desconforto, porém, podia ser de vergonha, de insegurança. Afinal, era a primeira

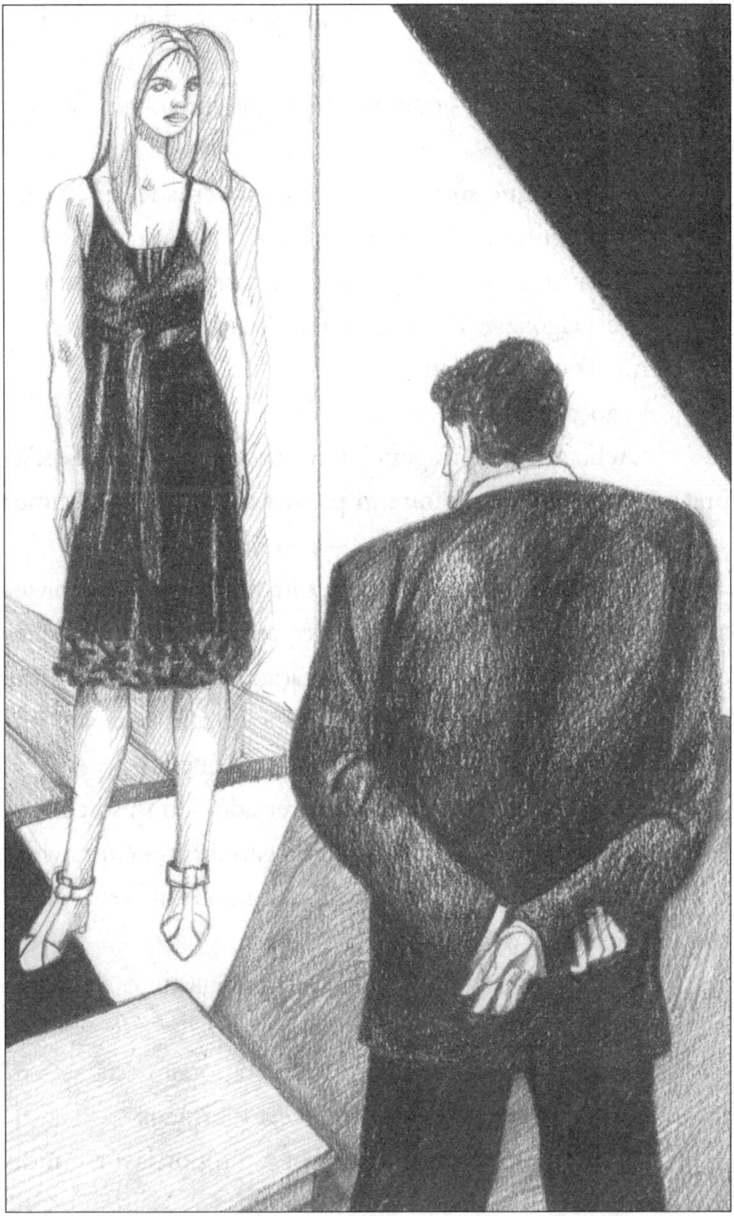

vez que experimentava vestidos numa loja tão chique. Mal sabia o que escolher.

— Não caiu bem — opinou Alberto, já com outro na mão.

— Você gosta deste?

Ele fingia que só ajudava. Mas, na verdade, queria influenciar. Procurava algo requintando. Tramava escondido com a balconista, enquanto a garota se dirigia ao provador.

— Veja algo leve, mas que não seja claro. Nada assim muito juvenil. Você me entende?

A moça sorriu.

— Acho que sei — respondeu, trazendo um vestido de seda preta. — Para ela, que é loira, o preto vai ficar ótimo. Vamos ver um par de sapatos também? — sugeriu.

A fala da vendedora tinha um tom malicioso. Alberto viu-se no papel do próprio quarentão rico apaixonado pela adolescente pobre. No momento, achou engraçado. Porém, quando Rita reapareceu, envolvida em seda preta e calçando sapatos novos, sentiu um nó na garganta. Sacou o talão de cheques.

Estava completamente desconcertado. Confuso com os próprios sentimentos. Que gostava da garota, não era novidade. Mas daí a enxergá-la como mulher ia grande diferença. Isso, sim, parecia uma descoberta.

De volta ao restaurante, tentava agir igual antes, para que a garota não percebesse sua emoção.

— Você ficou muito elegante. Agora, quem está se sentindo um lixo sou eu. Estou com inveja — brincou.

— Duas pessoas, cavalheiro? Por aqui, por favor — indicou o *maître*.

Rita não entendia nada do cardápio escrito em francês. Alberto foi logo fazendo uma sugestão:

— Tem um peixe na manteiga, com molho de amêndoas, que é uma delícia. Ou você prefere outra coisa?

— Não, está bom esse mesmo.

Ele não imaginava a maneira educada que Rita tinha de se comportar à mesa. É claro que nem tudo ela sabia. Mas não se atrapalhou. Sem pressa, sem ansiedade, observava os movimentos do candidato e o imitava.

Os copos de cristal refletiam o brilho de três velas acesas. A luminosidade trêmula do castiçal reverberava também nas faces, nos olhos dos dois.

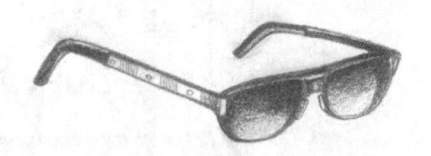

Será um *playboy*?

Na Chácara do Cipó, Tereza e Felícia estavam apreensivas depois do telefonema do candidato.

– Não estou ouvindo direito – havia dito a mãe de Rita. – Tem barulho na linha. Podia falar mais alto, por favor... O quê?... Vão se atrasar! Olha, seu Alberto, o senhor não me traga a menina pra casa muito tarde, não, ouviu?

Naquele momento, Felícia tinha olhado para o relógio. E agora interrompia a leitura para olhar de novo.

– Nossa! Já são onze e meia. Aqueles dois estão demorando.

– É mesmo, né? Tomara que ninguém de Sabaúna veja eles chegarem. Sabe como é, esse povo tem uma língua que Deus me livre!

– Ora, então é com isso que você está preocupada? Não passa pela sua cabeça que esse candidato pode estar de má intenção com a garota?

– Não fala assim, dona Felícia! Ele é um homem distinto, a senhora mesma o conhece.

Tereza nunca iria confessar, mas tinha lá uma esperança de que Alberto se interessasse pela filha. Que André, que nada! Por mais esforçado que fosse, por mais talento que tivesse, teria muito de lutar na vida ainda. Sem jamais alcançar a riqueza de um industrial, de um Alhambra.

E o sobrenome ficava ecoando na cabeça da mãe. Rita Alhambra nas colunas sociais. Rita Alhambra recebe convidados para festa de aniversário. Rita Alhambra nos palcos de teatro, do Brasil inteiro.

– Ei, mulher, está me ouvindo?

Só então a costureira desviou a atenção dos botões, que estava pregando na blusa de uma freguesa.

– O que a senhora disse?

Felícia tinha acabado de dizer que embora Alberto parecesse distinto, era um solteirão convicto, em quem não podiam confiar muito.

– Vai ver, não passa de um *playboy* de carreira. Desse tipo que não se liga em ninguém. Um Don Juan, você me entende?

– Entendo, sim. Só que ele nunca faltou com o respeito à menina. Se isso tivesse acontecido, ela teria me contado.

Teria mesmo. Rita discutia em casa todos os assuntos do comitê. Falava das viagens, dos comícios, do trabalho pelas ruas. Perguntava a Felícia algumas coisas que não compreendia direito naquele negócio de eleição. Como havia feito uma vez.

Foi no dia em que chegou no Cipó toda nervosa, trazendo um cheque na bolsa. Um cheque tão cheio de zeros, que estava até assustada com o valor. Alberto tinha explicado que era pela criação da marca da campanha.

– Mas eu não criei nada!
– E o crisântemo amarelo? Se eu tivesse que pagar pra agência de publicidade sairia muito mais caro, acredite. E duvido muito que bolariam algo tão bonito. Símbolo do sol, da imortalidade e da plenitude. Você sabia que o crisântemo significava tudo isso?
– Que ele era parecido com o sol eu mesma já havia percebido.
– Pra você ver que tipo de energia está me passando: a do sol. Quer coisa melhor?... Agora deixa de modéstia e pega logo este cheque.

Ela pegou, embora duvidasse merecer. Não sabia que uma ideia pudesse valer tanto. Foi meio sem graça que mostrou o cheque para a mãe. Tereza também não entendia nada de campanhas, mas logo achou o pagamento muito justo.

– É isso aí, minha filha, talento tem de ser recompensado. Tá vendo como é bom tratar com gente de bem? – acrescentou, quase beijando a assinatura do candidato.

Ainda assim, Rita não se convenceu. Apelou para Felícia.

– O símbolo é uma maneira rápida de fazer as pessoas se lembrarem de um produto e até mesmo de um político – explicou a patroa. – É por isso que a propaganda valoriza muito a criação de marcas. E quanto mais significativas elas forem, melhor. Você merece, sim, esse dinheiro. Afinal, de onde eles tiraram essa ideia do crisântemo?

– Eu não disse? – rebateu Tereza, satisfeita.

Foi a partir daí que a mãe começou a imaginar Rita casada com o deputado. Deputado, sim, porque no seu entender Alberto já estava eleito. Eleito e apaixonado pela filha. Que não viesse a patroa querer desiludi-la, com aquela conversa de segundas intenções. Ora essa, justo ela que tinha filha solteira, morando sozinha na capital!

– Olha, dona Felícia, eu não acredito que ele seja um cafajeste como a senhora está dizendo.

– Pelo amor de Deus, mulher, eu não afirmei isso. Queria apenas te alertar.

Alerta a mãe estava, até demais, procurando saber o que Rita ainda sentia por Yukio. Naquela tarde mesmo, tendo ido fazer compras em Sabaúna, havia recebido do vendeiro uma carta do Japão. Teve vontade de abrir o envelope e depois rasgá-lo, deixando a garota pensar que o namorado não escrevia mais. Quem sabe, assim, ela esquecesse logo o japonês? Tereza não fez nada daquilo, porém. Resolveu entregar a carta e ficar por perto quando Rita a fosse ler. Daí, sim, teria a oportunidade de tocar no assunto, de dar uns conselhos. Bem lá ao modo dela, é claro! E, se agora estava ansiosa, era mais por esse motivo do que pelas desconfianças de Felícia.

A conversa das duas cessou. O clima chegou a ficar meio pesado entre elas, até que o ronco de um automóvel na estrada quebrou o silêncio.

– São eles – desconfiou a patroa.

Tereza abriu a porta, para certificar-se. Ao ver um par de faróis iluminando a porteira, correu ao encontro dos dois.

– Não quer entrar, seu Alberto, tomar um café?

Ele aceitou, indo estacionar o carro no alto da rampa. Felícia os esperava na varanda. Espantou-se com a roupa nova de Rita. A mãe também tinha ficado surpresa. Ou seria melhor dizer encantada? Aquilo parecia vir exatamente ao encontro de suas esperanças.

Já prevendo as reações, o candidato foi logo explicando:

– Tivemos um compromisso social de última hora, lá em São Paulo, e fomos obrigados a cuidar da aparência. As senhoras sabem como são essas coisas, não é?

Rita olhou para ele atônita. Por que será que estava mentindo?

Sem esperanças no amor

Alberto entrou, sentou, tomou café e ainda passou um tempo lá no Cipó, conversando. Rita estava desapontada. Já que não tinha coragem de desmenti-lo na frente das duas, iria dizer o quê? Confirmar a mentira? Inventar que tinham ido também ao Palácio do Governo, por exemplo?

Não, ela não iria entrar naquele jogo. Permaneceu calada, o olhar indignado passeando pela sala, enquanto a mãe se desmanchava em cortesias com o candidato.

– Aposto como foi o senhor que escolheu este vestido.

Ele sorriu encabulado. E, virando-se para Rita, Tereza continuou:

– É de seda, filha, coisa fina!

A garota corou de vergonha. Felícia, então, tratou de mudar de assunto.

– O que está achando das pesquisas, Alberto? O seu candidato a governador está em segundo lugar.

– Pois é, mas no segundo turno ele tem muita chance de vencer. O pessoal da esquerda vai apoiá-lo, não tenha dúvidas...

Aquele tema punha Tereza de escanteio – mal informada. Melhor para Rita, que escapava de embaraços. Mas não se livrava da decepção. Nem queria mais ouvir a voz de Alberto. Aproveitando um hiato na conversa, deu o cansaço como desculpa e foi para o quarto. Repassou na memória a ida ao *shopping*, as várias roupas que havia provado, o jeito carinhoso de Alberto durante o jantar. Quem diria, hein, imaginar que ele tivesse feito tudo aquilo por gratidão? Está certo, vai, só por gratidão também já era ingenuidade demais. No fundo, ela sabia que estava sendo cortejada. Mas precisava ser escondido? Precisava?

Ah, aquele vestido! Por que o havia aceitado? Queimava-lhe a pele agora. Mais que depressa o arrancou do corpo, jogando-o sobre a cama. Foi quando notou o envelope com a letra de Yukio.

Rita,

Fiquei contente de saber que você foi a melhor atriz do festival. Eu já esperava por isso. Nunca quis te dizer, para não influenciar, mas sempre achei que você tinha talento. Parabéns pelo prêmio e boa sorte nessa carreira.

É isso aí, minha amiga!...

Minha amiga!? Rita estremeceu. Quase atirou a carta longe. Só continuou lendo para ver se não estava enganada. Não estava. A partir daquele ponto, Yukio se esquecia de falar dela. E deles, o que era pior. Desembestava de novo a escrever sobre computador. Mais nada.

Um abraço.

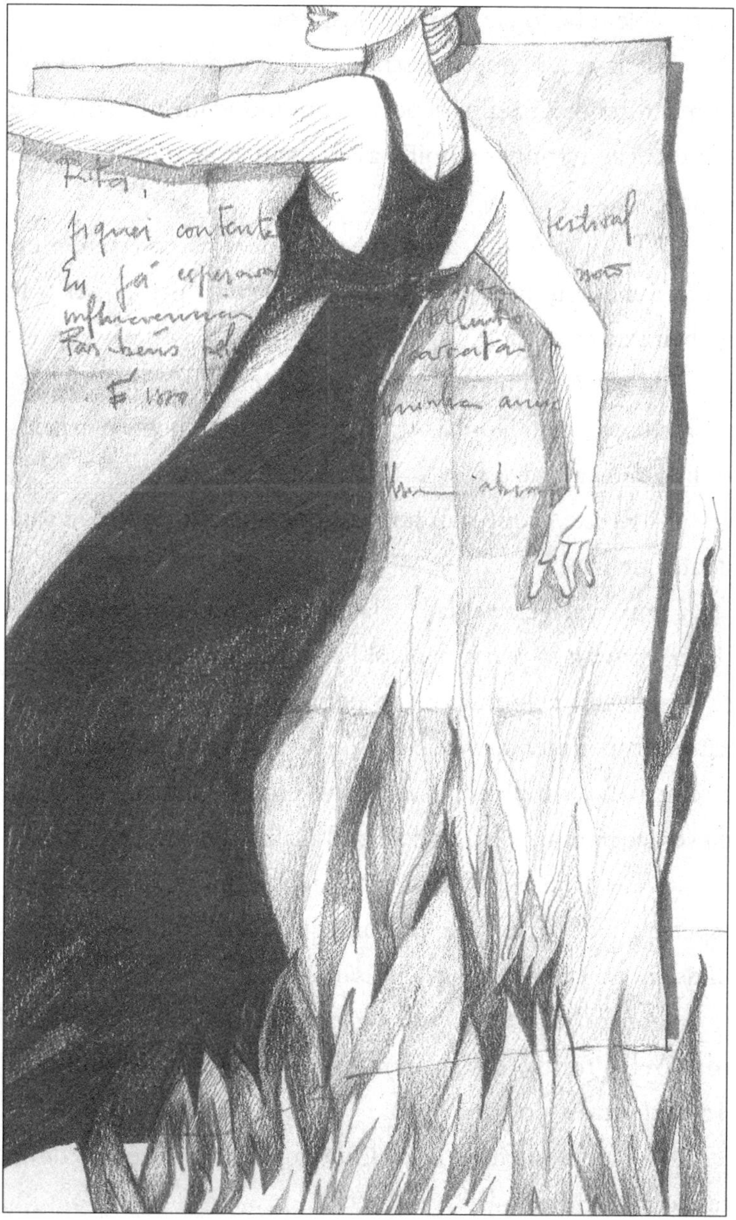

Rita,

"Nem beijo ele manda", suspirou.

Cruz-credo, que dia estranho! Depois de tantas luzes sob os refletores do estúdio, depois da luminosidade romântica de um castiçal, terminar a noite, assim, sem esperanças no amor! Amargo, não é?

"Tirando André, acho que os homens não prestam mesmo. Eu é que nunca quis acreditar", refletia a garota, sentada na beira da cama.

Já nesse momento, olhava para o crisântemo. Pegar carona com o velho japonês tinha ainda isso de bom: o criado-mudo nunca ficava sem flor. E a flor lhe dizia:

— Relaxe, esqueça os homens por enquanto, volte-se para dentro de você.

Puxa vida, era verdade! Há quanto tempo não ficava quietinha, escutando pensamentos! Pedindo com ternura que eles se afastassem, pelo menos um pouquinho que fosse, e a deixassem experimentar o vazio. Aquele vazio que tem o valor e a semelhança do pleno, como havia escrito Clarice; que é luz da verdade pura, como tinha dito Takahashi no enterro do pai.

Não, Rita não ia chorar. Ia mais era tomar um banho, esperar que Alberto fosse embora, que Felícia e a mãe se recolhessem, e ficar a sós com o crisântemo.

Ao fechar o chuveiro, a garota escutou o ronco do automóvel. Pronto, estava livre da visita. Mais um pouco, e Tereza entrou no quarto:

— Que homem amável! Que cavalheiro! Você não devia ter largado ele na sala.

– Mas eu não larguei ele sozinho. A senhora e dona Felícia estavam lá.

– Mas era com você que ele queria ficar.

– Nós ficamos juntos o dia inteiro.

– Ele está interessado em você. Pensa que eu não percebi? Onde é que vocês foram tão elegantes?

– Num jantar do partido.

– Mas foi só isso? Me conte – insistiu a mulher.

– Não tem nada mais pra contar, não, mãe.

E adiantaria contar? Desabafar? Tereza iria achar maravilhoso, e voltar à carga com aqueles conselhos de esquecer Yukio:

– E com o japonês, tudo bem? – perguntou a mulher, vendo o envelope aberto sobre a cama.

– Tudo ótimo – Rita mentiu.

Não disse mais nada. Esperou que a mãe entrasse no banheiro. Vestiu a camisola, escondeu a carta, passou a mão no crisântemo e saiu do quarto, avisando:

– Estou sem sono. Vou ficar na sala um pouco.

30

Clube dos Executivos

Alberto também não tinha sono, nem vontade de voltar para casa. Ficou girando de carro pela cidade entorpecida. Ruas vazias. Semáforos inúteis. A universidade toda às escuras. Apenas um café, luz modorrenta, permanecia aberto na praça do coreto. Ele estacionou.

No casarão histórico, cheio de salas e mesas, só um casal aos beijos, o chope esquentando nos copos. A única coisa que preenchia o ambiente era a melodia desafinada de um cantor melancólico. Com os olhos fechados, o homem dedilhava o violão e cantava mais para si do que para os presentes. Nem o garçom o ouvia. Ficava lá no fundo, de conversa com o cozinheiro. Não viu Alberto entrar.

Entrar e sair. De tristeza, chegava a dele. Queria a alegria de gente embriagada, para esquecer os acontecimentos daquela noite. Rita feita mulher não lhe saía da cabeça. Puxou pela chave no bolso da calça. Olhou-se. A calça, a camisa, a gravata, o paletó, tudo novo – comprado para a campanha. Até o automóvel era novo, menos ele.

Sentado ao volante, engatou a primeira e saiu. Dirigia por dirigir, escolhendo caminhos ao acaso. Quando se deu conta, estava na estrada, no alto da serra. Daí foi só virar à direita, na mata. Mais uns quinhentos metros de terra, e o néon já podia ser visto, frenético, erótico, cintilante: Clube dos Executivos.

– Boa noite, doutor – cumprimentou o porteiro, erguendo o quepe. – Faz tempo que o senhor não aparece! As meninas já estavam sentindo falta. Ah, isso estavam – emendou, com sorriso maroto.

Que porteiro abusado! Como é que tomava liberdade, assim, sem mais nem menos? Sem mais nem menos, não. A culpa era de Alberto, que nunca se havia dado o respeito. Agora, não tinha nada de reclamar.

– É por causa da campanha – respondeu constrangido.

– Tô sabendo, pra deputado, né? O doutor pode contar com o meu voto, viu? – bajulou o homem, abrindo a porta.

O som era terrível de alto. A iluminação, estroboscópica, girava junto com a bola de espelho no teto. E na decoração o vermelho imperava. Havia também um pequeno palco, emoldurado por cortinas de franja dourada. Lá em cima, uma mulher fazia *striptease*, enquanto outras, às mesas, davam atenção aos fregueses. Ou, simplesmente, circulavam pela casa. Uma delas alcançou Alberto no bar. Calça agarrada, cinto prateado, os seios quase saltando para fora da blusa rosada.

– Oi, deputado!
– Ah, então, você já me elegeu!

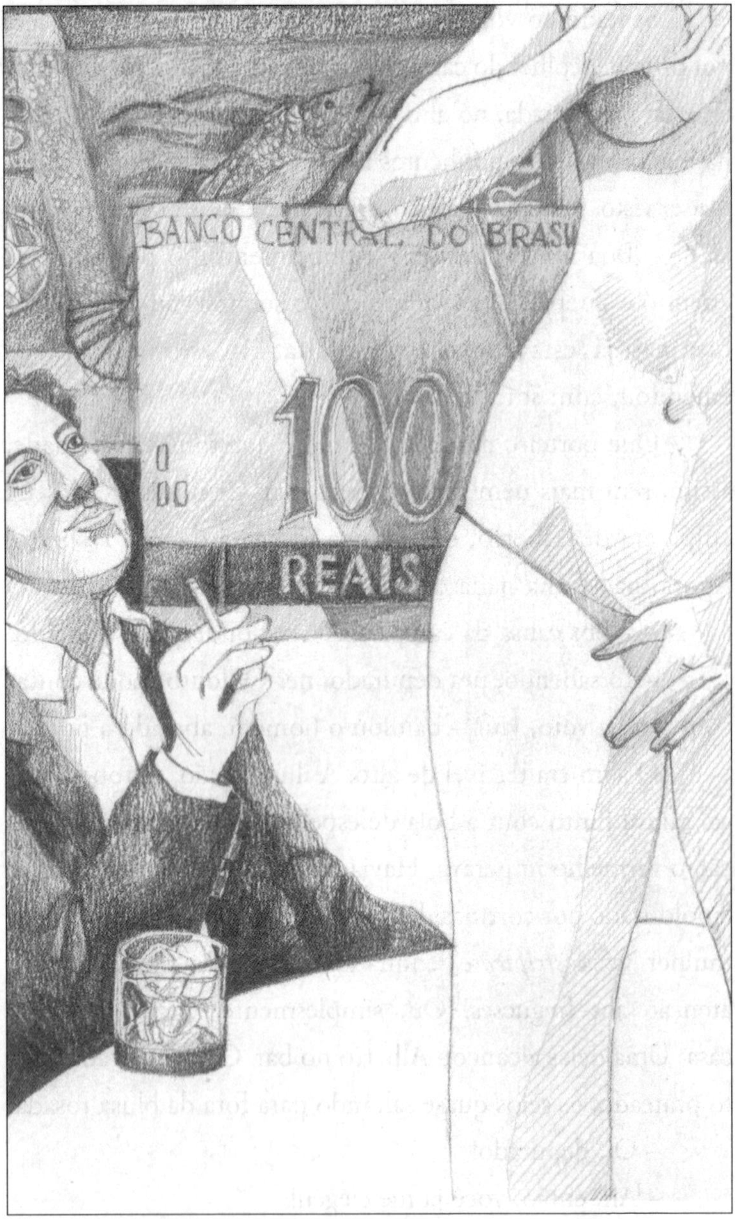
BANCO CENTRAL DO BRASI
100
REAIS

– Oh, é claro que você vai ganhar, amor. Eu e as meninas estamos na maior campanha – gracejou ela, e continuou, fazendo beicinho: – Mas não sei, não, se a gente devia.

– E por quê?

– Vai que você ganha e se esquece da gente.

– De modo algum!

– Então me paga uma bebida.

– Só se for pra já.

Os dois caíram na risada. Alberto pediu um uísque para ele e...

– Você o que vai beber?

– O de sempre. Ele já sabe – respondeu a mulher, olhando para o *barman*. – Manda servir lá na mesa – ordenou.

O show continuava. Nuazinha em pelo, a *stripper* deixava o palco livre para a próxima; a próxima para a próxima, e mais outra próxima... Alberto ia bebendo um, dois, três, quatro, e mais outro uísque. Ia bebendo e aplaudindo, escorregando aqui e ali a mão pelo corpo da dona ao seu lado. Ela quase que o sufocava, de tão próxima.

De repente, ele se enjoou do perfume barato dela, dos beijos molhados dela, daquele jeito vulgar dela. Enfim, enjoou-se dela todinha. No auge da bebedeira, o terno inteiro amarrotado, a gravata afrouxada, teve um sobressalto de memória. E desandou a pensar em Rita. Talvez tivesse ido longe demais naquela brincadeira de transformá-la numa dama. Não contava que o seu coração, desabitado, viesse a hospedar uma paixão insólita.

E agora? E agora estava enojado da casa, da bebida, das mulheres que frequentou vários anos. De que adiantava vestir-se tão bem, esnobar de carrão último tipo, ter uma montanha de dinheiro para gastar, quando se sentia gasto era por dentro, cheirando a álcool e a cigarro, sem o direito de amar uma garota inocente?

Cheio de repugnância, empurrou o copo, apoiou as duas mãos sobre a mesa e se levantou.

– Aonde você vai, amor? – surpreendeu-se a mulher.

– Acho que vou vomitar.

Atravessou toda a pista, meio que esbarrando nos casais que dançavam. Em vez de entrar no banheiro, saiu da boate. Do lado de fora, o vento fresco da serra, úmido da mata, bateu-lhe no rosto feito tapa. Ele cambaleou.

E lá veio o porteiro, todo solícito:

– Precisa de ajuda, aí, doutor?

– Não... Nenhuma – soluçou Alberto.

Tudo que precisava era não ouvir inconveniências daquele homem. Sacando logo a carteira, deu-lhe uma gorjeta gorda e se despediu:

– Manda o seu patrão cobrar a conta no meu escritório.

31

Uma estrela dourada

"Descarado!", era o que Rita estava achando de Alberto. "Se pudesse, nem olhava mais pra cara dele. Droga! Que é que eu faço agora? Largo esse trabalho?"

A claridade vinha do cantinho, de uma lamparina acesa no nicho. O resto da sala ficava na penumbra. Do jeito que ela queria, para se acomodar sentadinha, ereta, na poltrona florida de Felícia. Com os braços apoiados, as mãos entrelaçadas, segurava a haste do crisântemo na frente do corpo. As pétalas amarelas roçando a ponta do nariz.

– Atchim!

Um único espirro. Dali a pouco havia se acostumado com o cheiro do pólen. Nem o sentia mais. Escutava. Não o cheiro do pólen, é óbvio, mas os pensamentos. Difícil é dizer como, tamanho era o vozerio. Falava Yukio, falava André, falava Alberto, falava Felícia, falava a mãe. Até o pai descia lá do céu para contar casos. Só quem não falava era Toninha, que aparecia sorrindo na mente da garota.

Foi na imagem dela que Rita se fixou. Ver a amiga na imaginação era uma forma de acalmar o alarido da sua cabeça. Mas dali a pouco essa visão havia sumido também. Ela abaixou as pálpebras, de modo que os olhos recaíssem sobre a flor e ali ficassem, em contemplação. Os barulhos todos cessaram. Podiam os sapos martelar à vontade na lagoa, os grilos zumbirem todos juntos no capim, que ela não ia ouvir. Concentrava-se no inspira-expira da respiração.

Até o crisântemo desapareceu. O corpo ficou leve. E era como se flutuasse no firmamento da noite, onde dançavam nuvens luminosas. Nuvens de gaze, diáfanas, amarelas. Silêncio. Nem o coração parecia bater. De repente, no meio daquela nebulosidade, nasceu uma estrela. Uma estrela dourada, faiscante, fugidia. Mas Rita a fisgou. Susteve-a com o olhar. Sentiu o brilho irradiar-se para dentro de seu ser e experimentou grande euforia. No mesmo instante, ergueu um pouco as pálpebras. Procurou seu corpo e não o encontrou. Não encontrou os móveis da sala, a poltrona em que se sentava. O aposento todo estava vazio. Vazio e inteiramente iluminado.

Só aos poucos a luz foi cedendo, devolvendo a penumbra ao ambiente, até recolher-se de novo no fogo da lamparina. Rita tinha agora os olhos úmidos, o coração calmo e a sensação de ter vivido uma experiência secreta. Levantou-se para ir dormir.

No dia seguinte, havia algo de diferente na fisionomia dela. Felícia foi quem percebeu.

– Rita, vira pra cá um pouco. Deixa eu te ver direito. Você está mais bonita!

– Ora, a senhora é que não está bem acordada. Nunca vi se levantar tão cedo. Nem clareou ainda!

– É sério o que eu estou falando. Você está com um ar tranquilo, transmitindo paz. Será que isso tem alguma coisa a ver com Alberto?

– Com aquele lá? Imagine, dona Felícia!

– Ele mentiu, não foi?

– Foi, não sei por quê. Quer dizer, acho que sei. Me levou pra jantar num restaurante francês.

– Só isso?

– Só. Mas deixa ele comigo.

Pois é, além de tranquila, estava valente. Que largar o trabalho, o quê! Onde é que ia achar outro tão bem pago? Com a bolada recebida pela criação do símbolo da campanha, mais as retiradas semanais, faltava pouco para realizar o grande sonho: dar à mãe uma casa, ainda que modesta. Quem sabe chamaria Toninha para morar junto?

Ia refletindo sobre tudo isso, enquanto tomava o café. Felícia insistia em observá-la. Gozado! A garota havia crescido numa noite. Que aspecto mais decidido e sereno, ao mesmo tempo!

Nesse momento, elas ouviram uma buzina.

– É o japonês das flores. Está te chamando – suspeitou a patroa.

Rita passou a mão nos cadernos e desceu a rampa correndo. Era a primeira vez que não o esperava já na porteira.

– Desculpe, seu Takahashi, me atrasei um pouquinho.

O velho apenas sorriu. Esperou que ela entrasse no furgão e partiu. Como sempre, não dizia nada pelo caminho. Mas, nesse dia, espichava um olho sorridente para o lado da garota. Quando a deixou no centro de Mogi, esticou o braço para trás do assento. Em vez de um, puxou um maço de crisântemos, todos amarelos. Rita emocionou-se. Ele parecia conhecer o seu segredo.

32

Jeans e camiseta

Que Rita chegasse à escola com um crisântemo, os colegas estavam acostumados. Já com um ramalhete...
— É o seu aniversário — imaginou uma amiga.
— Yukio voltou do Japão — arriscou outra.
Bom, as flores causavam impressão, é lógico! Mas a garota devia mesmo era estar irradiando alguma energia nova. Senão, como explicar certas perguntas?
— Que é que você tem nos olhos, Rita? Estão brilhando! É lente de contato, é?
— E essa calma toda, de onde é que vem?
Os colegas só podiam estranhar. Rita vivia agitada, toda afoita. Sempre estudando, trabalhando, viajando. E tudo tanto, que fora da aula mal tinha tempo para alguém. O único com quem se abria era André.
— Nossa! Como você está suave! — até ele notou. — Pensei que ia te encontrar morta de cansaço. Mas me conta, como foram as gravações em São Paulo?

— Ah, a diretora era meio metida. Me fez repetir a fala não sei quantas vezes. No fim, acho que ficou bom. Entra no ar hoje, às treze horas.
— Grande garota! A gente pode assistir no comitê.
— É, pode.
— Qual é, Rita, não está empolgada? Você vai ser vista em todo o Estado. Durante vários dias!
— É que eu preciso te contar umas coisas, mas agora não dá. Tenho uma prova na primeira aula e outra logo depois do intervalo. Nem estudei o suficiente. Você me espera na saída, pra gente ir junto?
— Oh, minha querida Titânia, não sei se poderei conter a ansiedade de meu coração! — brincou André, recriando o discurso de Shakespeare.
— Não morrerás por isso, amado Oberon! Encontrar-nos-emos novamente na hora em que o sol, no meio do céu, encolhe todas as sombras da Terra. Tchauzinho! — debochou a garota, deixando o pátio.

Era meio-dia, hora de sol a pino, quando eles voltaram a se ver. Já fazia bastante calor na primavera. De braços dados, andando sem pressa, Rita falava de Alberto ao rapaz.
— Tá vendo só qual é a dele comigo?
— Espera aí, deixa eu entender melhor. Mas antes quero comer, senão nem raciocino direito. Vamos fazer um lanche?

O movimento na lanchonete era intenso. Custou até conseguirem uma mesa como queriam: mais para o canto, meio reservada. Foi ali que André retomou o assunto.
— Você está achando que o Alberto só está a fim de uma transa com você?

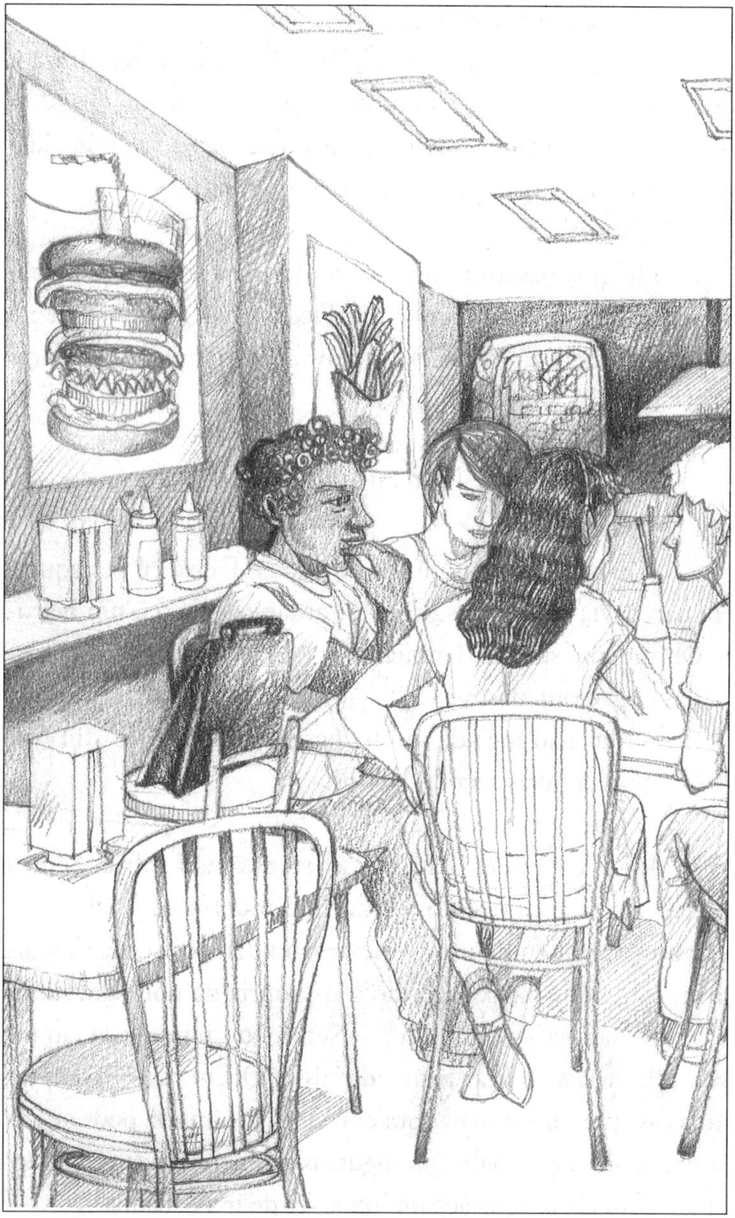

— E dá pra pensar outra coisa, dá?
— Pode não ser por aí, né, Rita! E se ele estiver afinzão, amarradão, mesmo? Olha que é um partidão, hein!
— Está louco? Parece até minha mãe! Se eu soubesse, não te contava nada. Esqueceu que eu amo Yukio?
— Será?

Ela quis reafirmar de pronto. Dizer que sim, que amava o namorado. Não conseguiu. Ficou gaguejando na frente de André. E ele ali, só na expectativa, com olhar de cobrança.

Rita foi salva pelo garçom.
— O que vocês vão querer?
— Cheese-salada, batata frita e refrigerante pra mim — pediu o rapaz.
— Espera um pouquinho aí, moço. Deixa eu ver aqui — ela não havia ainda consultado o cardápio. — Já sei, um beirute de frango e suco de laranja.

O garçom afastou-se.
— Mas não foge da minha pergunta, não — insistiu André. — Você ainda gosta de Yukio?
— Sabe que eu não sei?

E ao responder, Rita percebeu que não sofria. Sentiu aquele amor adormecido, como que hibernando. "Esqueça os homens por enquanto, volte-se para dentro de você", lembrou-se do que havia sugerido a si própria na noite anterior.

— Não sei — confirmou. — Nem estou interessada em saber. É cedo pra eu ficar pensando nisso. Quero mais é comprar uma casa pra minha mãe, aqui em Mogi. Assim, ela pode arranjar freguesas novas. Sabe que algumas mulheres deixam de fazer roupa com ela porque acham longe ter de ir a Sabaúna?

— Se você se casasse com um deputado, não precisava pensar em nada disso.

— Para de brincar, André! Estou falando sério, poxa!

— Desculpa, estava de gozação. Agora escute uma coisa: eu vou muito na casa dos Alhambra e conheço Alberto faz tempo. É um farrista, tá certo, desse tipo *playboy* fora de moda. Mas não acho que seja mau-caráter. Chove mulher na horta do cara. E não é só coroa, não. Eu mesmo já vi um monte de menininha, tudo ciscando pra ele. Por que é que ia dar em cima de você? Ainda mais te tratando desse jeito, que nem princesa? Pra mim, está apaixonado.

Dessa vez foi Rita quem duvidou:

— Será?

— Sábado, tem comício em São José do Rio Preto. Vamos viajar todos juntos de novo. Você vai ter uma boa chance pra sacar qual é a dele.

Eles acabavam de comer. André olhou para o relógio.

— Ei, vamos nessa, não quero perder a sua estreia na tevê.

No comitê, já estavam Toninha e a velha secretária. Como sempre, ralhando com a funcionária.

— Não, filha, não é assim que se trabalha com essa impressora. Já te falei mil vezes.

A garota olhou para Rita como quem diz: "Que bom que você apareceu, não aguentava mais ficar sozinha com esta mulher!".

André nem percebeu. Foi logo querendo saber de Alberto e de Edu.

— Cadê o nosso candidato e seu dileto irmão? — perguntou, em tom gaiteiro.
— Devem estar chegando por aí — respondeu a secretária.
— Vou ligar a televisão — avisou o rapaz. — Vai começar o programa do partido.

E tudo se deu ao mesmo tempo. O programa começando, Alberto e Edu chegando, Rita no vídeo, dizendo: "Para deputado estadual, vote em Alberto Alhambra. A força jovem na Assembleia Legislativa".

Vivas e urras dentro do comitê. Foi então que todos repararam no visual novo do candidato. Nada de gravata, calças pregueadas, camisa social e sapatos. Ele calçava era tênis, vestia *jeans* e camiseta.

"Rainha dos baixinhos"

– Ora, vejam só! – admirou-se a secretária. – Tudo isso é pra conquistar os eleitores jovens, é?
Toninha também parecia surpresa com a transformação. Tinha os olhos grudados no candidato.
– Estou bem? – gracejou ele, rodopiando na frente de Rita.
O sorrisinho dela, meio irônico, desconcertou Alberto. Só André, desconfiado que estava, foi quem percebeu.
– É isso aí, cara! – aprovou, jogando um pouco de quentura na conversa. – Agora você não está mais parecendo um *yuppie* careta.
Rita aproveitou a deixa para se afastar. Fingindo-se interessada no computador, chamou a amiga de lado.
– E aí, Toninha, já está craque na máquina?
– Mais ou menos.
– Então, me mostra.
Antes que a outra pudesse falar, Alberto já estava por perto. Olhos humildes, trejeitos envergonhados, parecia um menino arteiro, arrependido.

— Rita, preciso falar com você.
— Fala!
Ali? Ali não tinha como. Bastava olhar a cara sonsa de Toninha e entender logo o porquê. Sem contar com os dois ouvidos em pé da secretária. Mesmo assim ele ensaiou umas palavras. Ia sugerir que dessem um pulinho à padaria, para um café, um refrigerante... um qualquer-coisa. Impossível. O entra-e-sai dos rapazes no comitê já havia começado.
— Como é que é, Rita, só porque virou estrela não ajuda, não, é? — reclamou Edu.
Eles carregavam caixas e mais caixas de material publicitário. Ajeitavam tudo no porta-malas do automóvel, para depois saírem de bairro em bairro, distribuindo folhetos e cartazes. A provocação não podia ter vindo em melhor hora. Livrou Rita de um embaraço.
— Pensa que eu sou dessas, é? — replicou para o Edu, desafiante, e já entrando no vaivém.
Meio apalermado, o candidato não se mexeu. Depois de uns instantes em devaneio, viu-se a sós com Toninha, que, envergonhada, desviou os olhos para o computador.
— Quantos nomes nós já cadastramos?
Ele perguntou por perguntar, meio que para quebrar o constrangimento dos dois.
— Uns dez mil — respondeu a garota.
O número o entusiasmou.
— Que bom! Acho que está na hora de redigirmos a mala direta. Vamos fazer isso juntos? Você sabe trabalhar com o outro programa?... Não? Ah, eu vou te ensinar! Salva essa ficha

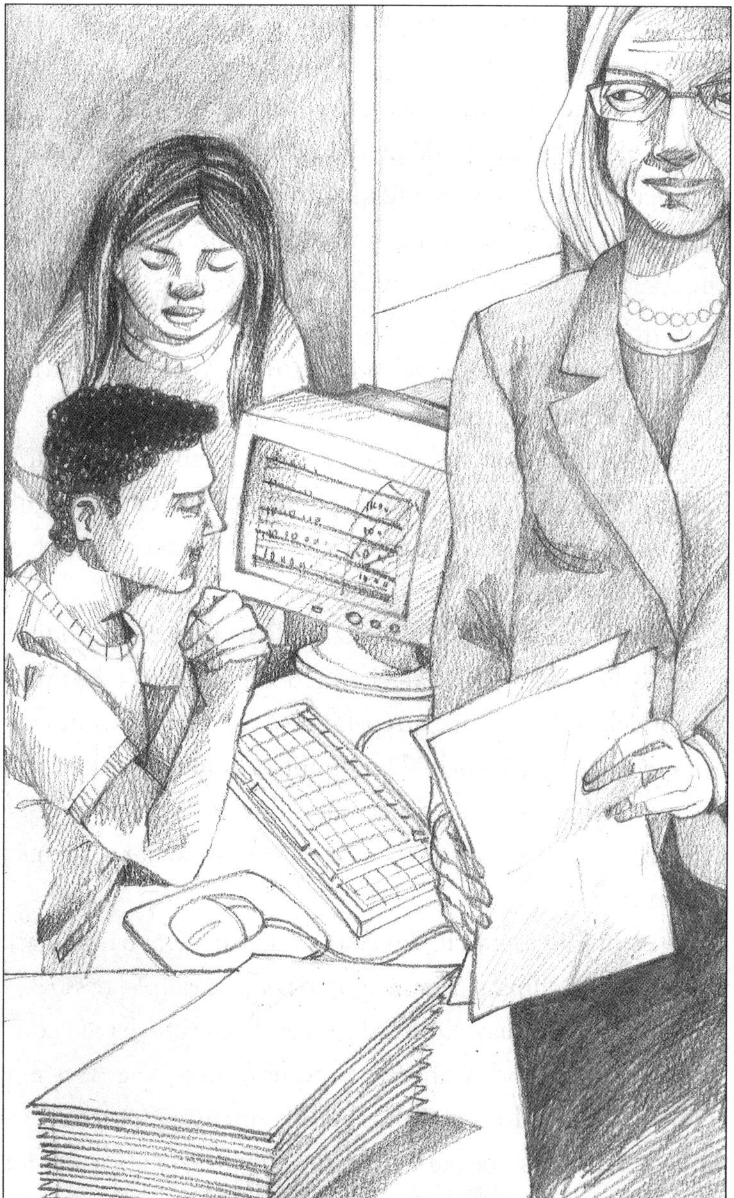

aí, e sai desse programa. Isso você sabe... – continuou, puxando uma cadeira.

No fundo da sala, a secretária balançou a cabeça.

"Tempo perdido", desdenhou com seus afazeres. "Escrever uma carta com essa retardada? Pois sim!"

Nisso, eles ouviram o ronco do carro. Alberto sentiu um aperto no peito. Rita havia partido sem se despedir. E de propósito.

"Benfeito! Ficou lá, falando sozinho. Assim ele saca que eu não achei legal", reafirmava consigo, pelo caminho.

Estava doida para continuar conversando com André. Mas na frente de Edu é que não podia ser. Daí, então, seguia pensando. E quanto mais pensava, mais se embaralhava nos pensamentos.

Lembrou-se do rosto do candidato. Estava tão bonito! Dos cabelos soltos dele. Pareciam tão macios! Dos olhos tristonhos dele. Olhavam tão arrependidos! Uma pontinha de culpa espetou o coração dela. Um remorsozinho ficou soprando em sua orelha. Será que tinha agido direito? Mas, tivesse ou não tivesse, de nada adiantava agora se atormentar. O remédio era esquecer.

Nem foi tão difícil. No distrito de Cocuera, bairro afastado de Mogi, uma surpresa aguardava por ela. As pessoas a reconheciam nas ruas. Donas de casa achegavam-se para conversar. Crianças rodeavam-lhe as pernas, como se estivessem vendo a "rainha dos baixinhos". Os homens e rapazes aproximavam-se mais era para conferir, para ver se a garota era tão bonita ao vivo quanto na televisão.

– É o sucesso! – gritou André.
– É o meu irmão na Assembleia – alegrou-se Edu, passando um braço sobre o ombro do amigo, enquanto Rita continuava lá, na esquina, escondida no meio de um bando de gente.

Algo parecido aconteceu na escola, no dia seguinte. Foi a garota ir chegando e o povo todo cercando.

– Ah, já entendi por que tantas flores ontem!
– Fazendo segredinho, hein!

E muitos outros gracejos ela ainda ouviu. Até dos professores.

– Agora vamos chamar à lousa a nossa garota-propaganda. Vamos ver se ela sabe resolver uma equação de terceiro grau.

Se tudo isso aborreceu, tudo isso também alegrou e atraiu muito carinho. Em casa, Tereza e Felícia viraram duas babás. Era Ritinha daqui, Ritinha dali.

– O café está pronto, Ritinha.
– Já fiz sua cama, Ritinha. Vá logo descansar, senão amanhã acorda com olheiras.

Já no comitê, o clima se modificou. O candidato mostrava agora olhares agradecidos. Mas não dá para falar que estavam tranquilos, porque tranquilidade Alberto só teria depois de se desculpar.

Ele tentou uma, duas, três vezes, o resto da semana, mas as circunstâncias não o ajudaram.

34

Diversão e arte

Edu fez tudo que costumava fazer quando tinha de acordar tão cedo: bocejou um pouco, esbravejou, xingou. Dessa vez, tinha uma queixa a mais.

— Droga, essa garota tinha de morar tão longe!

— Para de reclamar e vá logo buscar Rita — intimou Alberto. — Não podemos nos atrasar.

Estava escuro lá fora. As luzes da estrada ainda estavam acesas. Edu dirigia lutando com a soneira. Mas a fresca da serra o despertou e, como não havia trânsito, em vinte minutos ele chegava ao Cipó.

— Entra — convidou a garota.

— Que entra o quê, Rita! Vamos nessa! A gente tem que pegar o André, passar no comitê...

— E depois voar — completou ela.

— É a sua primeira vez, não é? Está com medo?

— Medo, medo, não. Mas que me dá um friozinho na barriga, isso dá.

– Dá, nada. Você vai ver como é legal!
Eles haviam alugado um jatinho. Pinga-pingando, fariam o norte do Estado, de carona na campanha do candidato a governador. Grandes festas e showmícios tinham sido programados pelas bases do partido na região. Cidades ricas, populosas, ótimos celeiros eleitorais.

– Primeira parada em Ribeirão – explicava Alberto, a caminho do aeroporto. – Preparem-se para alguma cara feia, ouviram?

– Por quê? – quis saber André.

– O pessoal de lá não vai gostar muito da nossa presença. Somos concorrentes. Vocês tinham pensado nisso? Não, né? Pois é, se ficar um clima meio assim, de saia-justa, e não der para subir no palanque, a gente distribui papel na multidão, que já está valendo.

– E, se Rita fizer o mesmo sucesso que faz em Mogi, fica tudo em cima – emendou Edu.

Os olhos sorridentes do candidato piscaram para o retrovisor. O espelho devolveu-lhe um sorriso de olhos azuis. "Sinal de trégua", imaginou ele.

– Apertem o cinto, rapaziada, que nós vamos decolar – exultou Alberto, acelerando o automóvel.

– Apertem o cinto, rapaziada, que nós vamos decolar. Alberto repetiu a mesma frase quando o jato levantou voo.

Rita apertava os braços da poltrona. Mordia e remordia os lábios.

– Está tensa? – observou André.

– Quem, eu? Que nada! Tô numa boa.

– Sei, dá pra sacar. Essa sua cor branca aí é reflexo da blusa, né!

— Ah, André, não tira sarro, vai – choramingou ela. – Me deixa quieta um pouquinho.

A garota, então, se concentrou. Abaixou as pálpebras pela metade e ficou olhando o dorso do nariz. E o nariz foi ficando transparente, transparente... E, de tão transparente, sumiu. No lugar dele, só um facho de luz. Piscou e apagou, com a claridade da janela. "Não faz mal", pensou. O que fazia bem era saber que a estrela dourada estava ali. Sempre à vista, sempre à mão. O medo foi pelos ares.

Nas cidades por onde passavam, Rita era sempre paparicada daqui e dali por um bando de marmanjões – políticos de todos os quilates.

— Que linda mascote você arranjou!

— Assim, qualquer um ganha eleição.

— É uma gatinha, mesmo. Pessoalmente, duas vezes mais – ouvia Alberto por onde passava. Não sem um certo ciúme.

— Mas ela não pode ser só sua. Já é musa do partido!

Este último era o candidato a governador. E quem disse que o candidato de Mogi não pôde subir nos palanques? Pôde subir e discursar. Pôde apresentar sua bela Ritinha, que falou em nome dos jovens.

Assim aconteceu em Ribeirão, mais ou menos assim aconteceu em São José do Rio Preto. Ufa! Como cansou! Mas ainda bem que existe a noite, que noite é feita para relaxar.

Barbeando-se no apartamento do hotel, Alberto falava sozinho diante do espelho.

— Meu Deus do céu, Rita não passa de uma criança crescida! Ainda tenho de me desculpar. E não passa de hoje.

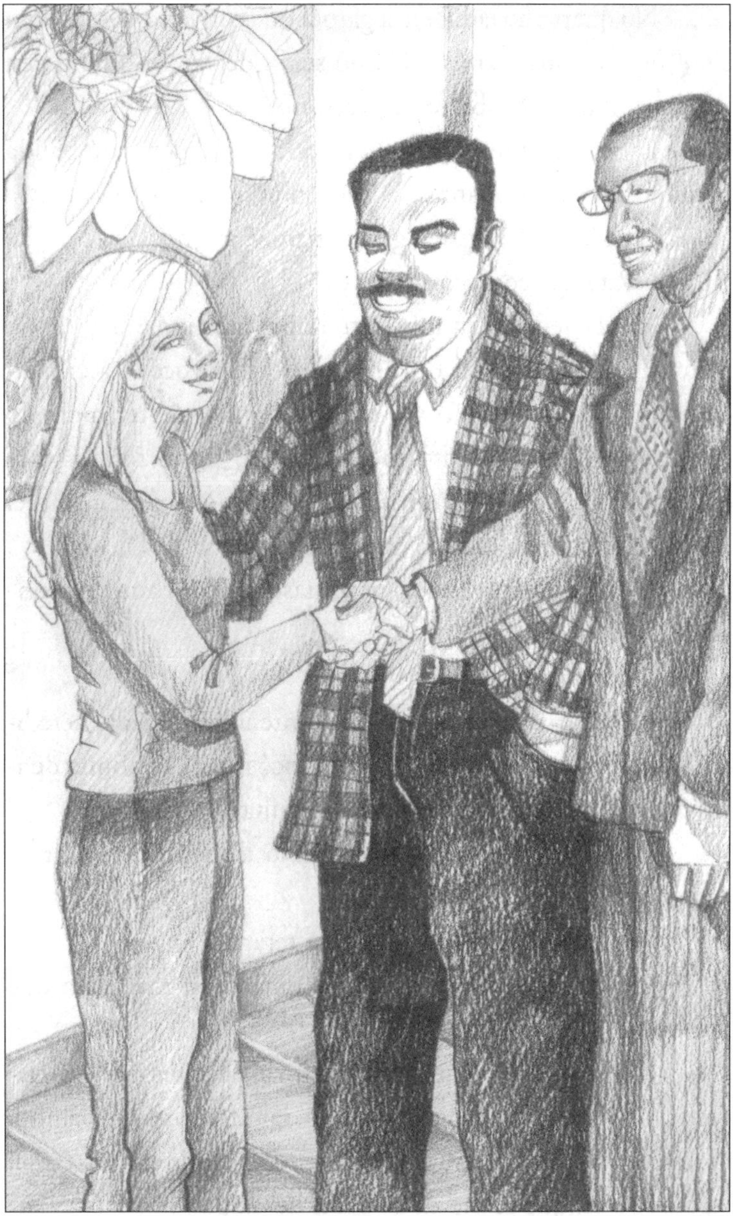

No quarto ao lado, era a garota que conversava a sós com sua flor, com sua estrela. "Como será que vai ser quando eu ficar sozinha com Alberto?", perguntou-se.

O restaurante do hotel estava cheio. Havia até banda tocando. Depois do jantar, Edu e André foram logo saindo.

"Fica firme!", disse a garota para si mesma.

– Rita... – começou Alberto.

"Ih, lá vem. Ai, minha estrelinha, me ajuda!".

– Preciso te pedir desculpas... Sei que você está chateada comigo. E com razão. Eu não tinha nada de ter mentido na sua casa. Mas me escute, me entenda. É que eu sou um cara complicado mesmo. Não um *yuppie* careta, como disse o André. Mas um quarentão caretão e... "carentão".

A garota surpreendeu-se. Quase riu com aquele monte de "ão".

Alberto continuou:

– Naquela noite, eu não tive intenção de nada, acredite. Só quis te dar um presente. Mas você ficou tão bonita dentro daquele vestido, parecendo tão adulta...

Ainda que triste, o candidato conseguiu sorrir, e acrescentou:

– É, acho que preciso de uma terapia!

Rita não sabia exatamente o que falar, mas bem que tentou:

– Já não estou mais brava com você faz tempo! – esclareceu. – Desde aquele dia em que te larguei falando sozinho, lá no comitê. Juro que fiquei arrependida. Mas daí era tarde. Agora sou eu que tenho de te pedir desculpas.

– Eu entendi. Não se preocupa, não – tranquilizou Alberto.

A conversa cessou. Mas sobrou a sensação de que algo a mais deveria ser dito. Só que as palavras certas não vinham, nem à cabeça de um, nem à cabeça da outra. Onde estariam André e Edu? Por que não chegavam naquele instante? Seria um bom momento de aparecerem.

Rita correu os olhos pelo restaurante, e nada. Poucas pessoas ainda jantavam. Até a banda havia parado de tocar. De repente, ela passou em revista a aparelhagem do conjunto e viu. Viu Edu mexendo no teclado. Viu André ajeitando no corpo a alça da guitarra.

– O que é aquilo? Eles vão tocar? – espantou-se.

– Meu Deus, esse meu irmão é louco! – admirou-se o candidato. – Se o meu pai visse, não ia acreditar.

"Irmão? Pai?", eram algumas das palavras que a garota procurava. Ia dizendo qualquer coisa, quando um acorde encheu o salão. A música que tocavam era conhecida de Rita. Ela começou a cantar:

– *Bebida é água/ Comida é pasto/ Você tem sede de quê?/ Você tem fome de quê?...* – entoava baixinho, sorrindo para os dois em cima do tablado.

– Vem – chamou André, fazendo sinal com a mão.

A garota pensou, pensou. "Eu vou", decidiu consigo própria.

Antes, porém, virou-se para Alberto.

– Pai, não. Irmão. É isso o que eu gostaria que você fosse meu, meu irmão! – disse, dando um beijo no rosto dele.

Levantou-se logo em seguida, e correu para o pequeno palco. Foi Rita ir subindo e Edu ir passando o microfone para a mão dela.

— *A gente não quer só comida/ A gente quer comida, diversão e arte/ A gente não quer só comida/ A gente quer saída para qualquer parte...*

As pessoas que perambulavam pelo hotel aproximaram-se. Vários outros políticos também haviam-se hospedado lá. Os garçons pararam o serviço. Até os músicos da banda aplaudiram.

"Irmã", pensou Alberto, ainda à mesa. "É, acho que eu posso vê-la assim. Pelo menos, é tão doidinha quanto o Edu".

35

A saída de Alberto

E vieram as eleições. Alberto conquistou uma vaga na Assembleia Legislativa. E também um lugar especial no coração de Rita. Tão especial, que tornou difícil para ele os novos tempos. Tempos de mudança. Depois de uma tremenda festa em Mogi – para comemorar a vitória –, depois do Natal, depois do fim de ano, o agora deputado transferia-se para a capital.

Além de sonhos, carregava junto muita saudade. Sentia falta da campanha; daqueles meses todos que viveu como um adolescente. Nunca mais tinha voltado ao Clube dos Executivos. Se os votos das "meninas" e do porteiro tinham sido registrados em seu nome na urna, pouco interessava. Mas, como acreditava que sim, agradecia em pensamento.

Havia largado também a terapia. Não era de médico que precisava. Precisava era de amor. E amor não se encontra no divã, nem é mercadoria que se compre. *A gente não quer só dinheiro/ A gente quer dinheiro e felicidade* – a canção dos Titãs volta e meia lhe cutucava a memória, na voz de Rita.

Alberto ficou só. Morou só, num grande apartamento de cobertura, em bairro elegante. A energia que havia desperdiçado durante anos empregava agora em projetos, em discursos, em defesa de causas públicas. Alberto trabalhou, trabalhou e honestamente trabalhou. Até que um dia foi notado pela imprensa. Tinha conseguido fazer aprovarem um projeto na área de Educação. Entre os jornalistas que o entrevistaram, em seu gabinete, havia uma moça muito bonita. Morena, de cabelos bem tratados, pele delicada, mãos finas e compridas, com jeito de pessoa inteligente. Era mais olhando para ela que o deputado respondia às perguntas.

Quando a entrevista terminou e os jornalistas já estavam indo embora, ele não se conteve.

– Ei, você!

– Eu? – voltou-se Clara, a última do grupo.

– Desculpa o lugar-comum, mas nós já não nos conhecemos?

– Creio que sim – confirmou ela –, de Mogi das Cruzes. Minha mãe mora numa chácara em Sabaúna, na Chácara do Cipó.

– Meu Deus, você é filha de Felícia! Jantamos juntos uma vez!

– Na noite do festival de teatro.

– É verdade, é verdade. Mas... você está com pressa? Eu estou saindo pra almoçar. Quem sabe a gente podia...

Sim, eles podiam almoçar, jantar, dançar, ir ao cinema... Sempre juntos. Até ficarem juntos, de vez.

36

A saída de Felícia

Tempos de mudança também começaram na Chácara do Cipó depois das eleições. Felícia andou diferente por vários dias. Inquieta, sem paciência para a sua poltrona florida, para os seus livros amados. Volta e meia, saía a caminhar pelo bosque sem avisar a ninguém. Ao retornar, não dava palavra. Conversava o essencial. Era o almoço que ia fazer. A conta de luz que pedia para Rita pagar quando fosse à cidade.

– Que será que ela tem? – preocupava-se Tereza.

– Desconfio que ficou assim depois de uma carta que recebeu – arriscou Rita.

– Que carta? Não vi carta nenhuma!

– Fui eu que peguei lá no armazém. Era um envelope de tarja vermelha e verde, da Itália – explicou a garota.

Final de tarde, as duas voltavam de Mogi. Haviam descido do ônibus em Sabaúna e caminhavam pela estrada de terra.

– Graças a Deus, isso de andar tanto vai terminar – desabafou Tereza, tirando os sapatos.

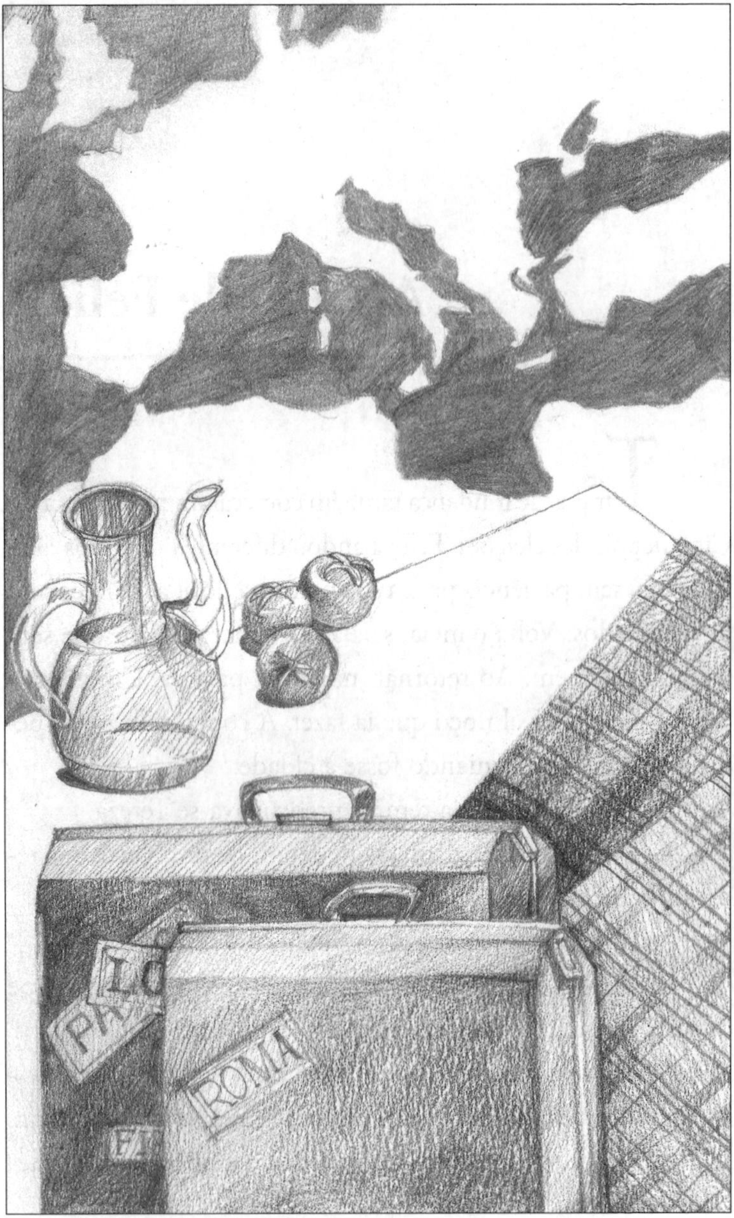
ROMA

Rita não respondeu. Pensou na casa que haviam acabado de comprar, já sentindo falta daqueles quatro quilômetros de poeira no inverno e lama no verão. Ao fazer a curva do Saci, lembrou-se de Yukio e parou. O sol descia atrás das montanhas. Hora do amanhecer no Japão. Que mensagem poderia mandar ao namorado, se nem escrever ele escrevia mais? Ela olhou para a cachoeira. A queda d'água não parecia chorar dessa vez. Continuava jorrando, indiferente, no seu eterno trabalho de sulcar as pedras do rio.

– Vamos, menina – chamou a mãe. – Estou com fome!

Foi como se Felícia tivesse escutado. Esperava as duas com um farto jantar. Comida natural, coisa nenhuma! Até carne vermelha havia preparado e uma travessa de macarrão ao *sugo*.

– Que é isso? – estranhou a garota.

– Acho que é nostalgia – comentou a patroa, colocando sobre a mesa uma garrafa de vinho.

– Não estou entendendo – argumentou Tereza.

– Vocês já vão entender. Sentem-se.

E enquanto jantavam, Felícia explicou:

– É que andei refletindo muito sobre esta vidinha pacata que eu levo. Estar aqui, no meio do mato, na paz de Deus, é tudo que eu sempre quis. Quando vim pra cá, não pensava em outra coisa: nas minhas plantas, nos meus livros, nas minhas orações, e só. Mas essa fome de viver que percebo em você, Tereza, e mais ainda em você, Rita, acho que me contagiou. E, por coincidência, um primo meu da Itália me convidou para passar uns tempos lá com ele. Foi uma decisão difícil.

Tereza calada estava, calada continuou. Só então percebia o quanto tinha se afeiçoado à ex-patroa. Seus olhos umedeceram.

– Ei, mulher, não fique assim. Eu volto. Imagine se largaria o Cipó pra sempre! Ainda quero fazer muitas roupas com você, lá em Mogi.

A costureira segurou as lágrimas.

– E, por falar nisso, dona Felícia, a senhora não tem de ajeitar alguma roupa para a viagem? Qualquer reforma, um zíper quebrado... Ainda dá tempo, eu posso...

– De jeito nenhum! Você e Rita já têm muito que fazer com essa mudança.

Tereza não se conteve mais. Caiu no choro. Rita também chorou. As três choraram. Até que Felícia deu um basta naquele chororô.

– Ih, que bobas que nós somos. Vamos parar com isso, vai!

A saída de Yukio

Uma semana depois, Felícia já havia partido. Mãe e filha faziam as malas. Móveis, quase não tinham. Só uns cacos de fogão velho e geladeira quebrada, que nem estavam usando na residência da patroa.

Tereza quis tudo novo. Até porque, agora, ela também podia comprar. A casa para aonde iriam – sobrado modesto, de sala, cozinha e dois quartos – daria bem para montar sua oficina de costura, com máquina própria e o que mais fosse preciso.

Daria ainda para acomodar Toninha. Rita havia insistido. Os pais da garota não se importaram. Ficaram até felizes.

– Trouxe tudo? – perguntou Tereza, quando Toninha chegou ao Cipó.

Uma sacola de plástico e uma trouxa de pano era tudo que ela trazia. O dinheiro recebido na campanha de Alberto, havia gastado todo com comida.

– É só isso mesmo – respondeu, sorrindo com aquela cara gorda.

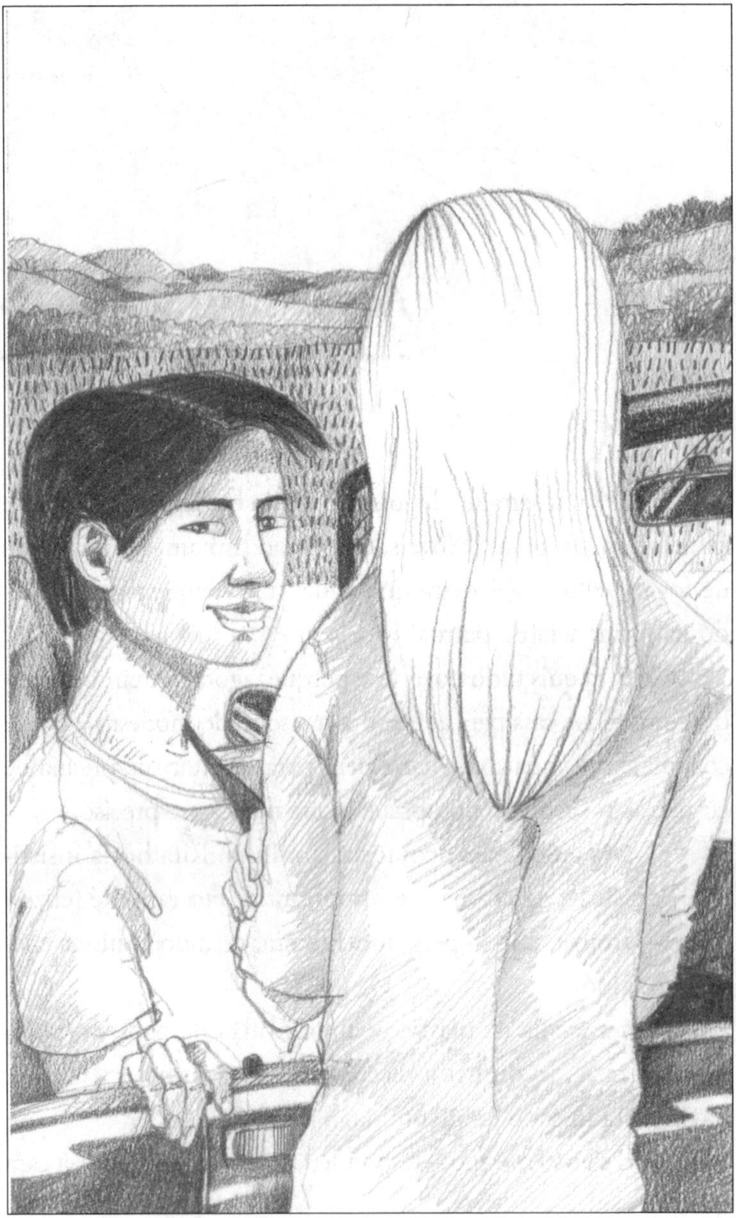

– Eu também estou pronta, mãe – avisou Rita.

– Então, vamos levando essas coisas lá pra baixo – recomendou Tereza. – O transportador deve estar chegando.

Toninha desceu primeiro. Deixou uma caixa na porteira e subiu, para pegar mais coisas. Aí, já era Rita que vinha descendo com uma mala. Ainda estava no meio da rampa, quando ouviu ruído de motor. Pensou que fosse o homem da camioneta. Mas não podia ser. O barulho era macio, de carro novo, que roda quase em silêncio. No instante seguinte, um automóvel último tipo parava em frente à Chácara do Cipó.

– Quem será? – perguntou-se. – Alberto? Não é possível! Firmando melhor a vista, reconheceu Yukio.

– Está se mudando? – perguntou o rapaz.

Rita estancou de repente. Aquele tom de voz, frio, sem emoção, congelou seus movimentos. Fixou os olhos dele. Como estavam diferentes! Não olhavam mais para dentro. Não olhavam carinhosos.

– Pensei que você ainda estivesse no Japão.

– Tem uns quinze dias que voltei. Mas é que não tive tempo, sabe. Eu e meu pai estamos muito ocupados em informatizar a chácara. Trouxe vários equipamentos. Agora, sim, é que a produção de crisântemos vai aumentar.

– Mas e a tal da computação gráfica, os vídeos que você adorava tanto?

– Ah, que nada! Estou mais é gostando da plantação mesmo.

A garota não comentou. Sentia o estranho da situação. Ele ao volante, sem nenhum indício de que saltaria do carro.

Ela em pé, mala na mão, assistindo à cena como se de fora do corpo. Por que não doía?

Rita voltou o rosto para o céu. Um raio de sol irradiou-se para dentro dos seus olhos. Era como se enviasse uma mensagem. Uma mensagem escrita lá no Oriente, revelando o segredo da luz.

– Boa sorte. Mande um abraço para o seu avô – disse ao rapaz. E subiu.

38

Noite dos namorados

Talvez fosse efeito da cidade ou, quem sabe, fruto de amadurecimento, mas o fato é que a ambição de Tereza deu um descanso. A filha podia ir e vir, entrar e sair, ficar sem fazer nada quando desse vontade, que a mãe não a empurrava para nada. Vivia contente com suas freguesas. Entre elas, a senhora Alhambra, a quem servia muito feliz.

Quem descansou também foi Rita. Tirou aquele restinho de férias para lagartear, como dizia a Emília, de Monteiro Lobato. Mas foi por pouco tempo. Logo as aulas recomeçaram e, no reencontro com André, uma surpresa:

– Já ajeitamos tudo. Só estava faltando você. Os ensaios começam amanhã.

– Ensaios pra quê? Uma nova peça de teatro, é? – desconfiou ela.

– Que nada, é a nova banda Crisântemo Amarelo. E a cantora é você. Edu descolou uma bela duma grana, contratou empresário e tudo. Não demora, e já está pintando contrato pra gente se apresentar por aí.

Rita estava atônita.

– Mas vocês nem me consultaram! – ofendeu-se de brincadeira.

– E precisava? É claro que você ia topar.

– Mas que banda é essa? Eu, você e o Edu, só?

– Não, agora temos o Alex, nosso percussionista.

– Alex?

– Ih, pronto! – reclamou André. – Os teus olhos já viraram pra dentro de novo. Você vive viajando, né?

– O quê?

Ela não havia escutado nada.

– Nada – respondeu o rapaz. – Eu só disse que o primeiro ensaio é amanhã, na casa do Edu.

E, se olhos de Rita viraram para dentro quando ela ouviu o nome, quase saltaram para fora, ao ver o dono do nome. Mulato, meio magro, meio forte, Alex Rei do Rap – como era conhecido – tinha o sorriso franco.

– Você que é Rita? – perguntou ele, para iniciar conversa. Claro que sabia que aquela era Rita.

Mas Edu foi logo cortando a formalidade das apresentações.

– Podemos começar com a música "Comida", dos Titãs. Ela deu sorte pra gente lá em Rio Preto.

Todos a postos na garagem dos Alhambra. Parafernália eletrônica montada e ajustada. André na guitarra, Edu no teclado, Alex à bateria, Rita com o microfone na mão. Um horror!

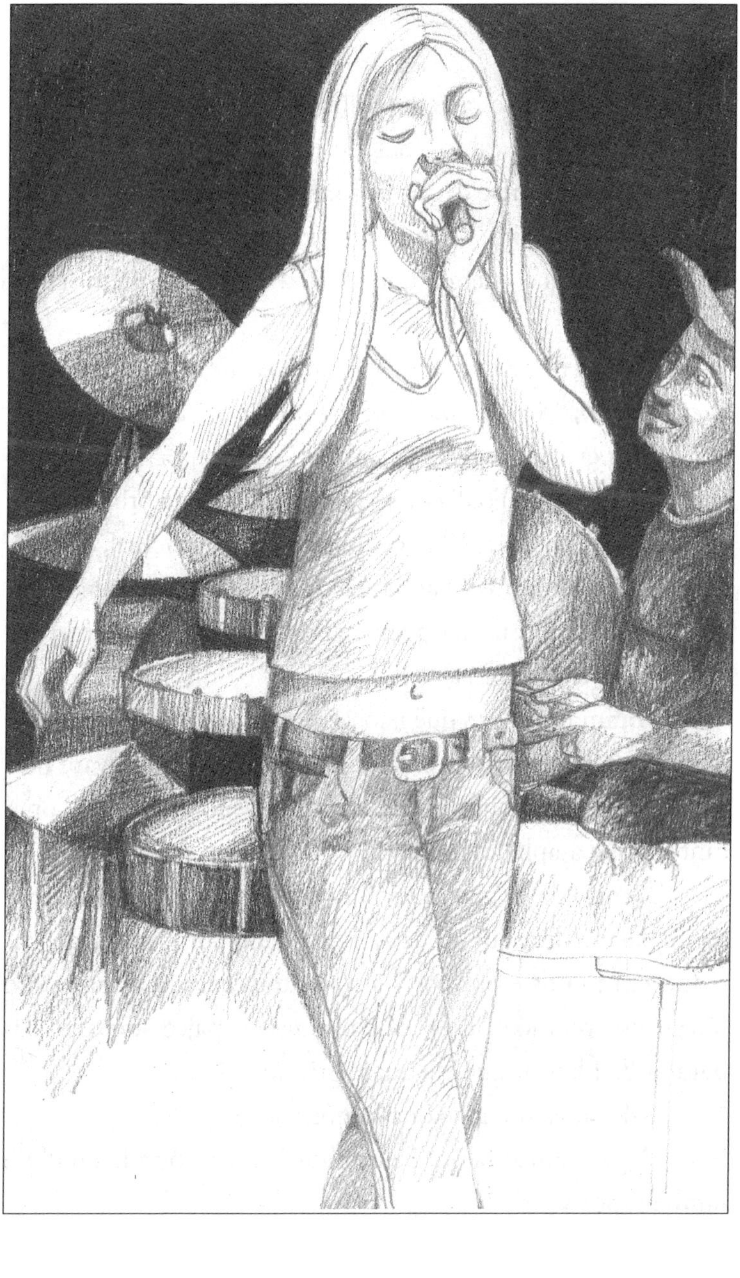

O baterista não acertava o compasso, a cantora desafinava.

— Mas o que está acontecendo? – perguntou Edu.

— Deve ser o calor – desconfiou André.

— Vamos tentar de novo – insistiu o tecladista.

Dessa vez, sim. O som saiu limpo, bonito, enchendo o ambiente de uma energia que só Rita e Alex pareciam compreender.

Você tem sede de quê?/ Você tem fome de quê?/ A gente não quer só comer,/ A gente quer comer e quer fazer amor...

E os ensaios seguiram, todas as tardes, por várias semanas. Até que chegou o dia de se apresentarem pela primeira vez.

— Não percam, sábado, no Ginásio Municipal, Crisântemo Amarelo, a nova banda da cidade – anunciavam as rádios locais. Era Toninha quem saía de emissora em emissora divulgando a programação.

Foram muitos os que não perderam. Todos querendo ver a nova estrela que nascia em Mogi. Alguns se lembravam dela do festival de teatro, outros da campanha eleitoral. Mas foi como cantora que a aplaudiram mais.

Depois da última música, Rita estava exaurida. Mal conseguia falar. Alex, que só havia trabalhado com os braços, batendo em pratos e tambores a noite toda, ainda tinha muito fôlego nos pulmões. E foi lá em cima do palco, debaixo das palmas da plateia, que ele quase gritou:

— Rita, estou apaixonado por você!

A garota não falou. Seus olhos é que responderam: "Eu também por você".

Ao deixarem o salão, já vazio de frequentadores, eles inventaram de comemorar. E assim, meio moles de cansaço, meio ébrios do sucesso, caminharam os quatro pelas ruas desertas da madrugada – Edu e André, na frente; Rita e Alex, de mãos dadas, atrás – à procura de um bar.

Só o café da praça do coreto continuava aberto, quase às moscas. A garota já ia entrando, quando escutou:

– Ei, Rita?

Era um homem de meia-idade, meio baixo. Logo se apresentou:

– Moro em Sabaúna, lá na chácara do Saci, onde tem a cachoeira, você sabe.

– Filho da dona Emília – adivinhou Rita, emocionada.

– Então, você que é o escritor! O escritor invisível!

– Nem tão invisível assim.

– Mas entra! Venha tomar qualquer coisa com a gente – convidou ela.

O olhar do escritor passeou entre os jovens: Edu, André e Alex. Finalmente, voltou a fixar-se em Rita.

– Agora, não – respondeu. – Hoje a noite é dos namorados. Mas podíamos nos encontrar qualquer dia. Estou à procura de personagens para um novo livro, quem sabe um dia desses você me conta a sua história?